AF142023

Egon Börner wurde am 17. August 1941 als Sohn eines Elektrikers im Mansfeldischen geboren.

Er erlernte den Beruf des Elektromaschinenbauers, war von 1968 bis 1991 Berufssoldat, arbeitet seit 1992 als Gebietsrepräsentant für ein Pharmaunternehmen und lebt mit seiner Frau seit 2001 in Chemnitz.

Egon
Börner

Spielgeil

Erzählungen

* E * B * E * C *

1. Auflage
Copyright © 2003 bei E B E C- Verlag Chemnitz,
Kaufmann-Straße 23
Alle Rechte vorbehalten
Herstellung:
Books on Demand GmbH,
Norderstedt
Lektorat: Martina Andreas
Umschlaggestaltung: Christian Andreas

ISBN   3-00-012499-3

Inhalt

Der alte Baum

Seine Lieblingsweide hatte ein heftiger Wintersturm entwurzelt. Der alte Baum lag hingestreckt. Die Krone wurde vom Wasser des Sees umspült, der beträchtliche Rest bedeckte ein Stück Wiese des Ufers. Aus der Erde ragten die Wurzeln wie hilflose Fangarme eines riesigen Kraken. „Wie alt war er denn?", fragte er.

„Wenn ich richtig gezählt habe, sind es 67 Altersringe", erklärte ihm der Experte vom städtischen Forstamt, der mit seinen Kollegen angerückt war, um die Ordnung wieder herzustellen.

Erwin Kleinert verzog sich auf seine Bank, über die sich noch im vorigen Jahr das Blätterdach der entwurzelten Weide gewölbt hatte, und ließ seinen Blick über den See schweifen.

Frühlingsstimmung lag in der Luft. Die ersten Bienen flogen Frühblüher an. Er war gekommen, um nachzudenken und in aller Ruhe Abschied zu nehmen von der vertrauten Landschaft.

Wem sollte er den Sturm beschreiben, der seit Wochen wegen des Umzuges in seinem Inneren tobte? Kann er noch einmal Fuß fassen in der Fremde?

Majestätisch ließ sich ein Schwanenpaar von der Strömung treiben. Spaziergänger spiegelten sich im ruhigen Wasser. Es roch nach Schlick und Schlamm. Von Zeit zu Zeit schnellte ein Fisch in die Höhe. Auf den silbernen Schuppen brachen sich jedesmal die Strahlen der fast im Zenit stehenden Sonne. Ein kurzes Glitzern, und schon war die Attraktion wieder vorbei.

Wie mein Leben, ein kurzes Glitzern? Angestrengt horchte er in sich hinein. War denn sein ganzes bisherige Leben nur ein kurzes Glitzern gewesen?

Mitnichten! Er hatte etwas bewegt über die Jahre. Nicht alles war gelungen. Manches war weggespült, so wie die immerwährende Strömung des Wassers die Wurzeln des alten Baumes freigelegt und der Sturm schließlich leichtes Spiel gehabt hatte. Aber durch seiner Hände Arbeit war bescheidener Wohlstand gewachsen, der Familie hatte er Geborgenheit gegeben

und er hatte sich stets gefreut, wenn ange-
strebte Ziele erreicht waren.

Gestern traf er sich mit Freunden und
Bekannten, um sich zu verabschieden.
„Ich ziehe in den nächsten Tagen aus,
nach weit weg von hier!" Ungläubig hatten sie ihn angeschaut.

„Daß uns doch immer die Besten verlassen", brachte Ulrike die Befindlichkeit
aller zum Ausdruck, und Hubert hatte gemeint: „Einen alten Baum verpflanzt man
doch nicht mehr!"

Er war zusammengezuckt. Erinnerungen
kamen hoch, etwa an die fröhlichen Tanz-
abende in dem kleinen Café, an die erhol-
samen Wanderungen entlang des Seeufers
oder an die stimmungsvollen Besuche in
den Kulturtempeln der nahen Metropole.
Ulrikes jugendliche Ausgelassenheit und
Ausstrahlung haben dir gut getan, genauso
wie die Besonnenheit von Peter, dem
langjährigen Kollegen. Das kleinstädtische
Flair und die einmalige Natur werden dir
fehlen, dachte er versonnen.

Dann warf er einen Kiesel ins Wasser und starrte auf die sich schnell wieder glättende Oberfläche. Wunden, die das Leben schlägt, verheilen genauso! Man muß es nur wollen und etwas tun dafür, wurde ihm schlagartig bewußt.

Wie der Bast des Baumes, der das Auf- und Absteigen der Säfte im Frühjahr und in der Zeit des zweiten Triebes vermittelt und dafür sorgt, daß die verdickten Teile abgesetzt werden, damit sie sich durch Verhärtung in Holz verwandeln, wird er deshalb in der neuen Umgebung aus Erlebtem und Erfahrenem Kraft, Zuversicht und neue Erkenntnisse schöpfen und auch künftig die Lust am Leben genießen.

Ein Schwan sang. Erwin Kleinert lauschte andächtig. Endlich fühlte er sich wieder obenauf.

Würde der Experte vom Forst so wie bei dem alten, entwurzelten Baum auch sein Alter nach Jahresringen bemessen, käme die gleiche Zahl heraus. Er war sich sicher: Mit ihm wird der Wintersturm kein leichtes Spiel haben!

Spielgeil

*D*ie wenigen Fans waren enttäuscht. Die Offiziellen des Vereins schüttelten sorgenvoll die Köpfe. Die Anhänger des sportlichen Gegners jubelten. Jule ärgerte sich über die vermeidbar gewesenen individuellen Fehler. Der Berichterstatter einer hiesigen Zeitung fragte sie nach dem Abpfiff: „Zeigt Eure Mannschaft jetzt bereits Nerven in der Landesliga?"

Die so Angesprochene antwortete gefaßt: „Wir haben nach wie vor Selbstvertrauen. Unser Spiel widerspiegelt das Leistungsvermögen des Teams. Jedesmal ist Schwerstarbeit angesagt, und die muß von allen Spielerinnen geleistet werden."

Jule wußte, daß auch sie nicht alles gegeben hatte. Wie Holzklötze an den Füßen hatten innere Unruhe und Verärgerung ihre Bewegungen gehemmt.

Es fehlte ihr an der notwendigen körperlichen und geistigen Frische, um wie gewohnt sicher in der Abwehr agieren zu können. Ich muß eine Entscheidung treffen, umgehend. So kann es nicht weitergehen, nahm sie sich vor.

Ohne, wie sonst nach einem Wettkampf üblich, noch im Kreise der Mitspielerinnen in der Vereinskneipe zu fachsimpeln, fuhr sie dieses Mal sofort nach hause und telefonierte mit Torsten.

Während sie sich umzog, schaute sie mit kritischem Blick auf das Foto von ihm, das auf der Kommode stand. Sie hatte sich auf Anhieb in sein atemberaubendes Lächeln verliebt. Als sie tanzten, verfolgten die Mädels mit Neid in den Augen, wie sie sich an ihn kuschelte und zufrieden feixte.

Diesem Tanz in der Disco waren im Glückstaumel erlebte Tage und Wochen gefolgt, bis sie bemerkte, daß er es mit der Treue nicht so genau nahm. Als sie ihn darauf ansprach, zog er die rechte Augenbraue hoch und fragte: „Du bist doch nicht etwa eifersüchtig?"

Sein Mund verzog sich zu dem Lächeln, das sie so sehr an ihm mochte. Dann nahm er sie in die Arme und flüsterte: „Es wird nicht wieder vorkommen." Sie glaubte ihm. Doch dann, am vergangenen Donnerstag, hatte sie am frühen Abend bei ihm geklingelt. „Was willst Du denn hier? Wir sind doch erst morgen verabredet", stammelte er unsicher.

„Ich wollte Dich überraschen, habe Lust, ein Glas Wein mit Dir zu trinken." Sie wunderte sich, daß er wie festgenagelt im Türrahmen stand und keine Anstalten machte, sie hereinzubitten.

Doch dann gab es ihr einen Stich mitten ins Herz. Hinter seinem Rücken geriet eine halbnackte Rotblonde in ihr Blickfeld. Sie kam aus dem Wohnzimmer, querte den Korridor, ohne der Szene an der offenen Wohnungstür Beachtung zu schenken, und verschwand im Bad. Wortlos hatte sie ihn stehen lassen und war gegangen.

Sie trafen sich wie vereinbart beim Italiener. Er hatte den Tisch in der lauschigen Ecke des Restaurants belegt. Ohne Gruß setzte sich Jule auf einen der freie Stühle und knurrte: „Wir haben wieder verloren. Und weißt Du, was das Schlimme daran ist?"

„Na sag schon?", wollte er wissen. Nach einer ganzen Weile, während er sie forschend betrachtete, brach es aus ihr heraus: „Ich hatte einen rabenschwarzen Tag erwischt, nicht das erste Mal übrigens in den letzten Wochen. Die zwei Gegentore gingen voll auf meine Kappe."

„Laß doch endlich ab von diesem irrsinnigen Sport. Du ärgerst dich grün und blau bei jeder Niederlage, erstickst noch einmal an Deinem verdammten Ehrgeiz", warf er ein. Jule setzte genervt zu einer Antwort an. Er schnitt ihr das Wort ab und fuhr fort: „Mir kannst Du mit Deinen Ambitionen nicht imponieren. Du bist ja süchtig, spielgeil eben! Mich interessiert der Fußball nicht die Bohne, das weißt Du doch."

„Hör schon auf, ich kann sie nicht mehr ertragen, Deine abgenutzten Sätze und Deine ganze beschissene Philosophie. Ich habe gedacht, Du könntest mit der Zeit Deine Meinung ändern. Aber Du willst immer nur das Eine, und dabei bin ich nicht einmal die Einzige. Das ist mir zu wenig. Es gibt auch noch andere Freuden im Leben, Du hast nur keinen blassen

Schimmer davon oder willst es nicht wahrhaben. Ich kann Dir nicht imponieren? Na wenn schon! Jedenfalls lasse ich mir von Dir nicht alles kaputt machen, damit ist jetzt Schluß", fauchte Jule erregt.

„Was soll denn das nun wieder heißen?", spottete Torsten. Sie schaute ihn mit funkelnden Augen an. Er wunderte sich über die Entschlossenheit in ihren Zügen. So hatte er sie noch nie erlebt.

„Ich habe meine Entscheidung getroffen", sprach sie ohne Emotion.

„Was denn für eine Entscheidung?", begehrte er auf.

Jede Silbe betonend, konterte Jule: „Es hat keinen Sinn, uns noch länger etwas vorzumachen. Wir passen nicht zusammen. Du belügst und betrügst mich nach Strich und Faden." Einen Moment lang wünschte sie sich, ihm das, was sie über ihn noch dachte, ins Gesicht zu schleudern.

Statt dessen sagte sie schlicht: „Du hast mich schon längst verlassen. Jetzt gehe ich. Erst ohne Dich werde ich wieder unbeschwert Fußball spielen können."

Traurig, aber auch irgendwie erleichtert, schlenderte Jule durch die hell erleuchtete City der Stadt.

Sie suchte sich damit zu beruhigen, daß sie nun wieder Herz und Hirn frei haben würde für ihren geliebten Sport. Männer, dachte sie enttäuscht. Und ohne sich dessen bewußt zu sein, flüchtete sie sich in Erinnerungen.

Eines Tages hatte sie der Sohn von Bekannten ihrer Eltern, damals beim Klub in der Jugend kickend, mit zum Training geschleppt. Sie fand sofort Gefallen daran, dem runden Leder nachzujagen. Erfahrene Trainer erkannten ihr Talent und ebneten ihr schnell den Weg in die Mädchenmannschaft.

Ihre Mutter fand das toll. „Laßt das Mädel machen, wenn sie Spaß daran findet", hatte sie verlangt.

Der Vater hingegen wollte anfänglich gar nichts davon wissen.

„Einer reicht wohl nicht in der Familie, der sich bei der Hetzerei die Lunge aus dem Leibe rennen muß und andauernd mit blauen Flecken und blutigen Schrammen am ganzen Körper heimkommt", hatte er in Anspielung auf den Bruder zornig bemerkt.

Doch sie focht das nicht an. Sie zeichnete sich von Anfang an dadurch aus, daß sie immer spielen wollte, bei jedem Wetter, ob am Wochenende oder an einem beliebigen Wochentag, ob im Training oder im Wettkampf. Und, sie wollte natürlich auch immer gewinnen. Eine damalige Mitspielerin formulierte es kurz und knapp so: „Jule kann nicht genug kriegen, sie ist besessen."

Die Erinnerung zauberte ein versonnenes Lächeln auf ihre Züge, während sie sich auf einer der harten Bänke des Busbahnhofes niederließ. Die Gedanken tickten weiter. Gerne hätte sie ihr Können auch in einer Jungenmannschaft unter Beweis gestellt. Aber der Verein war strikt dagegen.

Ihre Mutter hatte ihren Wunsch unterstützt und vorgeschlagen:

„Bis zu einem bestimmten Alter, vielleicht vierzehn Jahre, sollten Jungen und Mädchen generell in einer Mannschaft spielen können, das täte dem Fußball mit Sicherheit gut."

In den folgenden Jahren wurde sie auf fast allen Positionen eingesetzt.

Heute besteht ihre Stärke darin, einen Angriff der eigenen Mannschaft geschickt und wirkungsvoll zu eröffnen und den Mitspielerinnen in der Abwehr Halt und Orientierung zu geben. Sie ist der Star der Mannschaft. Dennoch, das gestand sie sich ohne Umschweife ein, war sie nie unumstritten. Vor allem eckte sie regelmäßig mit ihren markigen Sprüchen an und nicht jeder mochte ihren manchmal übertriebenen Ehrgeiz.

„Wollen Sie mitfahren, junge Frau?" Jule schreckte auf. Der Busfahrer war im Begriff, die Türen des Fahrzeugs zu schließen. Sie sprang auf und stieg ein. „Danke, ich war wohl eingenickt", versuchte sie zu erklären.

Doch die Aufmerksamkeit des Fahrers galt dem abendlichen Verkehr auf der Straße. Sie freute sich schon auf das Training am Mittwoch. Da würde sie wieder richtig Gas geben, ohne Klotz am Bein.

„Du kannst einer Mannschaft mit elf Individualistinnen kein Spielsystem vorgeben, wenn Du dafür nicht die entsprechenden Typen hast", monierte Jule. Der Mannschaftsrat saß mit dem Trainer im Vereinslokal. Sie diskutierten engagiert darüber, wie die Abwehrleistung des Teams optimiert werden könnte. „Wer soll denn in unserer Mannschaft in einer Viererkette spielen?", brachte sie einmal mehr ins Gespräch.

„Ich muß bei Bedarf die zentrale Position verlassen und nach links oder rechts ausbrechen können. Damit hatten wir in der Vergangenheit immer Erfolg. Da war die so interpretierte Liberoposition unantastbar. Warum denn jetzt plötzlich die Experimente?", fragte Jule den Trainer.

„Im modernen Fußball spielt die Abwehr mittlerweile auf einer Linie, ob nun Dreier- oder Viererkette", erklärte der geduldig. Doch Jule zeigte sich wenig überzeugt und widersprach trotzig. „Als Libero kann ich sowohl vor der Innenverteidigung wie auch hinter ihr operieren.

Nennt doch das, wie Ihr wollt", wurde sie schnippisch.

„Entscheidend ist, daß ich das Spiel vor mir habe, es somit lesen und entsprechend agieren kann." Der Trainer schien genervt. Er wußte, ohne oder gar gegen Jule geht in der Abwehr nichts. Er hatte keine Alternativen. Deshalb beendete er die Sitzung in der Hoffnung, früher oder später seine Spielführerin doch noch von seiner Auffassung überzeugen zu können. „In zwanzig Minuten beginnen wir mit dem Training. Ich bitte mir Pünktlichkeit aus", bestimmte er und stöhnte: „Was für ein Tag!"

Die Mädchen tobten im Duschraum. Einige kicherten, während sie sich einseiften, andere bewarfen sich mit vor Nässe triefenden Waschlappen, vollgesaugten Schwämmen oder Teilen von Unterwäsche, die sie sich von den pitschnassen Körpern gestreift hatten. Die Haut ihrer sportlichen Körper schimmerte bronzefarbig im milchigen Licht der einzigen Lampe.

„Er hat uns heute wieder ganz schön rangenommen", gillte Diane laut.

„Aber der schafft uns nie", schrie Anni übermütig und bearbeitete ihre untere Hälfte satt mit Duschgel. Jule gebot Ruhe in dem Durcheinander von fröhlicher Ausgelassenheit und intensiver Körperpflege. Sie hatte sich in ihr großes, gelbes Badetuch gehüllt und das Treiben schon eine ganze Weile gelassen beobachtet.

„Wollen wir den Pokal, oder nicht?", schmetterte sie gegen die kahlen Wände des Raumes, die ihre Worte zurückwarfen, so wie eine gebogene Schrotsäge laut singend ihre Ausgangslage einnimmt.

Das Echo, von Jules Stimme ausgelöst, vermischte sich mit dem überschäumenden "Hurra" aus elf oder zwölf Kehlen und dem sich anschließenden Chor: „Wir holen den Pokal!" Es hallte wider auch von diesem Echo.

„Dann nehmen wir das Spiel auch ernst, beißen, kratzen und kämpfen bis zum Umfallen. Nur so haben wir eine Chance! Also, denkt daran! Rauchen, Trinken, Mätzchen machen, alles das können wir hinterher ausgiebig tun. Doch bis zum Endspiel am Sonntag sollten sich alle auf Entzug einstellen. Ist das klar?"

Es war mäuschenstill geworden. Die jungen Frauen waren plötzlich mit sich selbst beschäftigt, so als ginge jede von ihnen tief in sich, um auszuloten, ob noch Reserven mobilisierbar sind. Am Ausgang der Dusche stand Jule.

Sie schaute jede ihrer Kolleginnen auffordernd an und verlangte: „Wir holen den Pokal!" Keine verweigerte das kräftige Abklatschen der offenen Fläche ihrer rechten Hand und alle antworteten wie Verschwörer: „Ja, wir holen den Pokal!"

Es wurde für die junge Mannschaft das Spiel der Spiele gegen den sportlichen Gegner aus der Nachbarstadt. Die Grüngelben um ihre Mannschaftsführerin Jule galten als krasse Außenseiterinnen. Im neutralen Stadion kochte die Erregung bei den 22 Spielerinnen genauso wie bei den zahlreich erschienenen Zuschauern.

Brütende Hitze ließ die Luft über dem grünen Rasen flimmern. Als die beiden

Mannschaften einliefen, empfing sie aufmunternder Beifall. Aber auch Pfiffe waren nicht zu überhören und vereinzelte Rufe "Emanzen! Lesben!" drangen an die Ohren der Akteurinnen.

Im Spiel wurde sich nichts geschenkt. Rüde Fouls oder überharte Zweikämpfe wurden dennoch vermieden.

Das Geschehen lebte von gepflegten Kombinationen auf beiden Seiten und hoher Laufbereitschaft der Grüngelben. Jule stand als Libero bombensicher. Lautstark dirigierte sie ihre Mädchen in der Abwehr und schaltete sich bei jeder erfolgverprechenden Gelegenheit mit in den Angriff ein.

In der Halbzeitpause, die torlos zu Ende gegangen war, lobte der Trainer die Seinen und ermunterte Jule: „Mach weiter so!" Die zweite Hälfte war erst einige Minuten alt, als sich Jule bei einer Kopfballabwehr ohne Einwirkung einer gegnerischen Spielerin den Knöchel des rechten Fußes stauchte. Sie humpelte über das Spielfeld und hielt immer wieder inne, um den lädierten Fuß zu betrachten. Mit Entsetzen sah sie die Schwellung immer stärker werden. Doch tapfer und konzentriert machte sie weiter.

Jubelnd riß auch sie die Arme hoch, als nach einer gelungenen Kombination über mehrere Stationen der Ball auf Diane gespielt wurde und die das Leder aus etwa zehn Metern gekonnt und unhaltbar im gegnerischen Kasten versenkte. Elf überglückliche Mädchen lagen sich in den Armen.

In den nächsten Minuten verteidigten die Grüngelben geschickt den knappen Vorsprung, ließen die Gegnerinnen kommen und setzten immer wieder zu gefährlichen Kontern an.

Als bei einer dieser Gelegenheiten Anni abzog, sprang der Ball einer Gegenspielerin an den Arm. Der Schiedsrichter pfiff und erkannte auf "absichtliches Handspiel."

Zur Ausführung des zugesprochenen Freistoßes aus etwa zwanzig Metern Entfernung zum gegnerischen Tor legte sich Jule den Ball zurecht, taxierte die aufgereihte Mauer und die Position der Torhüterin aus den Augenwinkeln, nahm Anlauf, und hämmerte die Kugel mit ihrem starken linken Fuß unter die Querlatte. Tooor! 2:0!

Wie im Traum spürte Jule die Körper ihrer Mitspielerinnen auf dem ihren. Vor Freude standen ihr Tränen in den Augen. Der schmerzende rechte Fuß war kurzzeitig vergessen. Die Fans waren völlig aus dem Häuschen. Der Widerstand der gegnerischen Mannschaft war gebrochen. Ohne größere Probleme "schaukelten" die Grüngelben das Ergebnis nach Hause.

Nach dem Abpfiff kniete oder legte sich jede dorthin, wo sie eben noch gestanden hatte. Begeisterte Zuschauer stürmten auf das Spielfeld. Sekt schäumte. Erschöpft, aber grenzenlos glücklich, umarmten sich die Mädchen immer wieder. Einige heulten wie die Schloßhunde.

Mit voll aufgeblendeten Scheinwerfern und ohrenbetäubendem Hupkonzert ihrer PKW bogen sie auf den Stadtring ein und bewegten sich Richtung Vereinsgelände.

Hier würde man feiern bis zum Abwinken, den Erfolg, den Sieg genießen.

Der Vorsitzende würdigte in seiner Ansprache, daß der Frauenmannschaft etwas gelungen sei, was noch keine Männermannschaft jemals zuvor geschafft hatte: einen Titel zu gewinnen.

Sie hatten den Landespokal im Damenfußball in den Verein geholt! Und den wenigen Zuschauern, die seine Mädchen "Emanzen und Lesben" genannt hatten, schrieb er ins Stammbuch:

„Wer solche Klischees verbreitet, hat generell Probleme mit Frauen und damit, daß Frauen Fußball spielen. Solche Leute werden bei uns nicht geduldet", schloß er ernst und erntete tosenden Beifall.

Jule genoß den Erfolg. Doch ihr Ehrgeiz war noch längst nicht befriedigt. Das war erst der Anfang. Sie würde noch mehr erreichen. Schneller, höher, weiter, diese Formel, fand sie, trifft auch auf unsere Sportart zu. Und als Libero hatte sie einmal mehr überzeugt. Jetzt würde der Pokal für ein Jahr in der Vitrine im Vereinslokal stehen, untrennbar verbunden mit ihrem Namen.

In Jules Leben kam vor dem Fußball das Schwimmen. Diese Karriere begann sie in einem Leistungszentrum der Stadt.

Bis zu fünf Mal in der Woche ging sie zum Training, schwamm unverdrossen ihre Bahnen und verblüffte die Verantwortlichen sehr bald mit guten und stabilen Zeiten.

„Du bist ein Naturtalent", hatte ihre Betreuerin festgestellt und gefordert, stets fleißig zu üben. „Du mußt mit gierigen Händen das Wasser durchpflügen, dann wirst Du es weit bringen", prophezeite sie. Und Jule hielt sich daran. Die Ergebnisse wurden immer besser. Selbst ihr Vater war stolz auf sie, die Mutter sowieso. Eine Schulfreundin hatte sie einmal gefragt: „Warum tust Du dir das an? Du kennst doch nur noch Schule und Schwimmbekken. Weißt Du überhaupt noch, wie ein Eis schmeckt oder ein Schmetterling flattert?"

Jule erwiderte damals: „Was ich einmal angefangen habe, daß ziehe ich auch durch. Und außerdem bereitet mir mein Sport viel Spaß und Freude!"

Mit zwölf Jahren war Jule Leistungsträgerin des Trainingszentrums. In einer Rangliste des Schwimmbezirks wurde sie auf Rang zwei geführt.

Die Betreuerin hatte ihr eines Tages eröffnet, daß sie bald in den Förderkader des Schwimmverbandes aufgenommen werden würde und dann an Wettkämpfen auch außerhalb der Region, landesweit und später auch im Ausland teilnehmen sollte.

Etwas müde von den anstrengenden Trainingseinheiten aber zufrieden mit den erreichten Bestzeiten kam Jule an diesem frühen Abend nach Hause. „Mama, ich habe die vorgegebene Norm mehrmals unterboten, ist das nicht Klasse? Ich bin so glücklich", sprudelte sie heraus. Die Mutter blickte ernst.

Der Vater hatte sich hinter der aufgeschlagenen Zeitung verschanzt. „Was ist denn los", wunderte sich Jule, „ist etwas passiert?"

„Komm zu mir, meine Erbse", lockte die Mutter mit belegter Stimme. Der Vater raschelte geräuschvoll mit den Blättern der Zeitung. „Die Frau war da", stieß die Mutter gequält hervor. „Welche Frau?", wollte Jule wissen. „Deine Betreuerin vom Trainingszentrum und ein unbekannter Mann."

„Ich kann mir schon denken, wo der herkam", polterte der Vater zornig.

„Und was wollten die?", drängelte Jule ungeduldig.

„Sie haben uns eröffnet, daß Deine Karriere als Schwimmerin ab sofort als beendet zu betrachten ist", stöhnte die Mutter.

„Warum denn das?", schluchzte Jule und begann am ganzen Körper zu zittern.

„Deshalb, weil Dein Umfeld als nicht zuverlässig genug eingeschätzt wird", ereiferte sich der Vater, und wandte sich wütend wieder seiner Zeitung zu.

Jule verstand nichts. Ihr gut trainierter Körper zuckte in den Armen der Mutter. Alles Blut war ihr aus dem Gesicht gewichen. Aschfahl stammelte sie: „Ich darf nicht mehr schwimmen?"

„So ist es, meine Kleine, leider", heulte nun auch die Mutter. Abrupt riß sich Jule von ihrer Mutter los, stürmte in ihr Zimmer und warf sich hemmungslos weinend auf ihr Bett. „Warum?", stammelte sie immer wieder und fand keine Antwort. Schließlich schlief sie ein.

Gierige Hände griffen nach ihr, zogen sie tiefer, immer tiefer. Auf dem goldenen Thron saß der Froschkönig und glotzte sie an.

Ohne Scheu kniete sie nieder und küßte ihn mit spitzem Mund genau zwischen die Glubschaugen. Danach stieg Nebel auf. Als der sich verzogen hatte, erschrak sie.

Auf dem Thron saß nicht der Prinz, sondern ein großer, finster dreinschauender Mann mit riesengroßen Händen. „Wo drückt denn der Schuh?", säuselte er. Jules Brust hob und senkte sich im Rausch ihrer Erregung. „Vertraue mir", schmeichelte die Stimme des Mannes. Sie klammerte sich an die Lehne des Thrones. Ihre Muskulatur verkrampfte. Ihre Wut schien überzuschäumen. Sie schaute mit undurchdringlichem Blick und klagte:

„Es wird nicht mehr sein, was bisher war. Ich leide darunter, wenn ich nur daran denke."

„Ist Dein Ego verletzt?", fragte der Mann lauernd.

„Was denn für ein Ego? Ich bin wütend und fühle mich betrogen."

„Ist es möglich, daß das, was Dich so in Rage bringt, Du selbst bist", mutmaßte der Mann.

Jule machte sich steif, runzelte die sonst glatte Stirn faltig. Sie glich einem Vulkan, der jeden Moment auszubrechen drohte.

„Du bist gar nicht der Prinz, Du bist ein Ungeheuer!", schrie sie, ohne ihre Stimme zu hören.

„Bleibe ruhig, ganz ruhig, entspann Dich. Also. Du willst es nicht vergessen?"

„Nein!", schluchzte Jule.

Der Mann sammelte sich. Dann wollte er wissen: „Kannst Du es sehen?"

„Ja", bestätigte sie.

„Kannst Du es beschreiben?", fuhr der Mann fort.

„Selbstverständlich! Es ist vollendete Bewegung. Du tauchst weg, wirbelst durch das Medium mit Kraft und Geschick und bist schließlich am Ziel. Entscheidend für den Sieg sind Bruchteile von Sekunden", erklärte sie.

Der Mann schwieg und schaute sie mit kalten Augen an. Dann kicherte er: „Jule, Du bist eine Traumtänzerin!"

„Nein!", begehrte sie auf. „Das Wasser ist mein Element, das Schwimmen ist meine Welt. Laß mir meinen Sport!"

Ihre Worte verloren sich in den Tiefen des verzauberten Brunnens.

Dann wurde es taghell vom Schein tausender Kerzen. Fanfaren erklangen.

Sie saß auf dem Thron und winkte lustigen Tänzerinnen zu. Plötzlich griffen große, gierigen Hände nach ihr. Sie wollte ihnen entkommen, wehrte sich verzweifelt.

Wo war der Mann? Sie sah nur die Hände und fürchtete sich vor ihnen. Schon brannten sie wie Feuer auf ihrem Körper. Jule schrie auf, rang keuchend nach Luft, und war endlich wach. Mit Entsetzen in den Augen starrte sie in die Dunkelheit.

Später spürte sie nur noch Stille, Trauer und Trotz!

„Das hast Du nun davon", triumphierte ihre Schulfreundin, „Hochmut kommt vor dem Fall", tat sie altklug.

„Was weißt Du schon", antwortete Jule kämpferisch, „ich gebe nicht auf, suche mir etwas anderes, muß ohnehin abtrainieren." Und so landete sie bei den Leichtathleten. Doch das war nur ein Intermezzo. Nach nur wenigen Wochen kehrte ihr Trainer von einer Wettkampfreise, die ihn nach Hamburg geführt hatte, nicht mehr zurück.

Daraufhin wurde die Trainingsgruppe aufgelöst. Frustriert versuchte sich Jule anschließend im Tennis und brachte es im Judo immerhin bis zum Blauen Gürtel. Beim Fußballklub der Stadt begann schließlich ihre zweite sportliche Karriere.

Die Verantwortlichen verfolgten den Werdegang der Mannschaft mit Argusaugen. Einige der jungen Frauen machten durch Trainingsfleiß, Teamgeist und Können auf sich aufmerksam. Andere dagegen ließen die Zügel zu sehr schleifen, traten in ihrer Entwicklung auf der Stelle und genügten nicht hinreichend den gestellten Anforderungen.

Deshalb wurde es Zeit, die Spreu vom Weizen zu trennen. In den zuständigen Gremien war man sich einig, die Geeigneten schon bald in die 1. Damenmannschaft zu integrieren. Über den "Rest" mußte man sich keine großen Gedanken machen. Erfahrungsgemäß erledigte sich das von selbst.

Zu fünft wurden sie in die Geschäftsstelle des Klubs bestellt. „Es ist zwar noch ein wenig Zeit, aber mit Beginn der neuen Saison sollt Ihr in den Kader der 1. Damenmannschaft aufrücken", erklärte der Sektionsleiter.

Bedröppelt schauten sie sich an. Jule fand als erste die Sprache wieder. „Und was geschieht mit den Anderen aus unserer Mannschaft?", begehrte sie auf.

„Es geht um Euch. Ihr seid die Besten, steht vor einer glänzenden Karriere", schaltete sich die Trainerin ein.

„Wir wollen aber zusammen bleiben! Zählen denn unsere Mitspielerinnen gar nichts?", grübelte Doris nachdenklich.

„Wir sind nicht gerade elf Freundinnen. Aber auf dem Rasen ging es immer gemeinsam um Sieg oder Niederlage. Die Fans haben stets anerkannt, daß jede von uns auf dem Platz alles gibt", protestierte Kirsten.

„Also! Wenn ich das richtig verstehe, haben wir als Mannschaft im Klub keine Perspektive", brachte es Jule auf den Punkt.

„Genauso ist es", bestätigte der Sektionsleiter. Die fünf Mädchen tauschten vielsagende Blicke. Dann sprach Doris: „Wir wollen Ihnen nichts vormachen. Uns paßt das so nicht. Entweder alle können bleiben oder alle verlassen den Klub! Das ist unsere Sicht der Dinge."

Verblüfft tuschelten die beiden Verantwortlichen. Dann entschied der Sektionsleiter: „Ihr seid frei in Eurer Entscheidung. Die Tür wird hinter keiner von Euch fünf zugeschlagen. Überlegt Euch das noch einmal ganz genau."

Es gab nichts zu überlegen. Sie hatten gemeinsam beschlossen, sich einen neuen Verein zu suchen. Kirsten hatte zusammen mit ihrem Vater recherchiert. Aufgeregt berichtete sie ihren Kameradinnen: „Am Rande der Stadt befindet sich eine 64.000 Quadratmeter große Sportanlage. Der dortige Verein hat eine lange Tradition. Seit Jahrzehnten wird dort auch Fußball gespielt, allerdings Männerfußball!"

„Das ist Grüngelb! Die spielen in der Landesklasse. Dort gibt es auch noch andere Sektionen", bestätigte Diane.

„Also, nichts wie hin", forderte Jule.
Am übernächsten Tag saßen Diane, Kirsten und Jule beim Vereinsvorsitzenden und trugen ihr Anliegen vor. Der zeigte sich überrascht und sah sich außerstande, allein eine Entscheidung zu treffen.

„Das will gut überlegt sein und muß von der Mehrheit des Präsidiums getragen werden", gab er zu verstehen.
Enttäuscht machten die drei Anstalten, den Raum zu verlassen.

„Nun mal langsam mit den jungen Pferden", hielt sie der Vorsitzende zurück.

„Ich werde mit den zuständigen Leuten reden und schnellstens eine Sitzung einberufen. Soviel Zeit muß sein. Ich persönlich kann mich durchaus mit dem Gedanken anfreunden, eine Damenfußballmannschaft in unserem Verein zu haben. Einverstanden?" Die drei nickten erleichtert.

Bei Grüngelb machten sich zunächst Skepsis und Unbehagen breit. Was sollte man in einem Traditionsverein mit Frauenfußball? Schnell bildeten sich zwei Lager. Einige waren strikt dagegen. Darunter der Schatzmeister. „Uns fehlt so schon an allen Ecken und Enden das Geld", argumentierte er.
Der Sektionsleiter "Tennis" sah Ungemach voraus. „Jeder hier kennt die dürftigen Zuschauerzahlen bei Spielen unserer Fußballer. Glaubt Ihr denn, daran ändert sich etwas, wenn plötzlich Frauen auf dem Rasen agieren? Ich sage Euch, was passieren wird. Die so schon wenigen Zuschauer kommen dann nur noch wegen der Frauen.

Da wird dann fleißig geglotzt, aber nicht etwa wegen gekonnter Spielzüge. Nein, vor allem, um ein Stück nackte Haut zu sehen. Es wird Übergriffe geben, die Sitten werden verlottern und wir bekommen Zustände, die schließlich nicht mehr beherrschbar sind", erregte er sich.

„Recht hast Du, Paul. Wo sollen die sich waschen, sich umkleiden, ihre Notdurft verrichten?", fragte der Platzwart.

„Nun aber mal sachte", meldete sich der Hauptsponsor zu Wort. „Ihr könnt doch nicht wollen, daß den fußballbegeisterten Frauen die Möglichkeit vorenthalten wird, ihren Sport auszuüben. Wo leben wir denn? Wir sollten gemeinsam eine Lösung suchen und bedenken, daß bei der von allen beklagten Überalterung und Männerlastigkeit des Vereins junge Frauen unser Image durchaus aufpolieren könnten. Außerdem hätte diese komplette Mannschaft wieder eine Perspektive, wenn ihr der Verein eine sportliche Heimat bietet. Das ist doch entscheidend, und nicht die Sorge um das Geld oder die Sitten!"

Der Vorsitzende, ein alter Fuchs im Fußballgeschäft, lächelte still vor sich hin. Er hatte sich für die kurzfristig anberaumte Sitzung eine kleine Überraschung ausgedacht. „Ich schlage vor, noch ehe wir abstimmen, die Spielerin Juliane anzuhören. Laßt uns sehen, welche Meinung sie, auch im Namen der Mannschaft, vertritt! Ist jemand gegenteiliger Auffassung?" Kopfnicken und unverständliches Gemurmel der Versammelten signalisierten Zustimmung.

Jule schaute sich unbefangen in der Runde um und wunderte sich, daß sie fast alle neugierig anglotzten. „Juliane, wir möchten gerne Deine Meinung hören, Du weißt, worum es geht", verlangte der Vorsitzende.

Sie blickte ernst und sprach mit fester Stimme: „Wir wollen spielen! Lassen Sie um Himmels Willen nicht zu, daß uns das Spielen untersagt wird. Wir werden beweisen, daß wir etwas können, Spaß am Fußballspielen zeigen, Leistung bringen und Siege einfahren! Dafür werden wir hart arbeiten, regelmäßig trainieren, den ganzen Drogenscheiß meiden und die Vorschriften des Vereins achten. Bitte, meine Herren! Wenn Sie uns verjagen, ziehen wir vor das Rathaus und machen Rabatz! Wirklich, das machen wir!"

Einige Augenblicke war es still. Jule trat unschlüssig von einem Bein auf das andere. Dann setzte Raunen ein und schwoll im Nu zu einem unverständlichen Durcheinander von Stimmen an. „Ruhe im Saal", schrie der Vorsitzende. „Juliane, wir danken Dir für Deine offenen Worte. Du kannst jetzt gehen."

„Und was wird nun?", wollte sie wissen. „Es wird alles gut", zeigte sich der Sponsor überzeugt. Unsicher lächelnd und um Haltung bemüht, verließ Jule den Raum. Würde wirklich alles gut werden?

„Möchte sich vor der Abstimmung noch jemand äußern?" Niemand meldete sich. „Ich denke so. Sicher werden wir erleben, daß die eine oder die andere der jungen Frauen auch einmal Fehler macht", nahm der Vorsitzende wieder das Wort. „Aber! Wer hier im Raum ohne Fehler ist, der möge aufstehen!" Alle blieben sitzen.

Die Abstimmung ergab ein knappes ja für den Frauenfußball im Verein. Jule und ihre Mitspielerinnen freuten sich. Die Mannschaft war im neuen Verein angekommen, hatte eine sportliche Zukunft. Sie würden es den Kritikern zeigen, davon waren sie fest überzeugt.

Es geschah am Montag. Die Chefin war wie immer an diesem Tag schlecht drauf. Der Himmel wußte, warum gerade montags. Trotzdem fragte Jule: „Geht es klar, wenn ich am Mittwoch eine Stunde früher Schluß mache? Wir haben vor dem Training eine wichtige Besprechung. Die Stunde hole ich bei Gelegenheit nach."

„Das kommt überhaupt nicht in Frage", schmetterte die Chefin ihr Anliegen ab. „Und warum nicht?", begehrte Jule auf. „Weil ich Deine Extrawürste satt habe!"

„Aber Sie waren doch bisher immer kooperativ", wunderte sich Jule. Eine Antwort darauf erhielt sie nicht mehr, weil die bestellte Kundin eintrat und Aufmerksamkeit beanspruchte. Verstohlen stöhnte Jule. Sie wußte, daß ihr die nächste Zeit alles abverlangen würde. Diese Kundin, die sie für sich "Scheusal" nannte, hatte stets und ständig etwas zu meckern. Mit Wut im Bauch wegen der Absage der Chefin und der bevorstehenden Eskapaden des "Scheusals" begann sie mit der Arbeit.

„Das Wasser ist wie immer nur lau", begann dann auch schon die Nörgelei.

Der kann man es nie Recht machen, dachte Jule und lächelte die Kundin scheinheilig an. „Denken Sie an mein empfindliches Haar", brachte die sich erneut in Erinnerung.

„Keine Sorge", beruhigte Jule. Es sollte freundlich klingen. Endlich war es vollbracht. „Ich gehe heute abend auf eine Party, da muß das Outfit stimmen", blickte die Kundin voraus und verließ offenbar zufrieden den Salon.

Doch es dauerte keine Stunde, da stand sie wieder auf dem Teppich, das pure Entsetzen im Gesicht. „Du hast meine Frisur versaut, Du liederliche Schlampe", geiferte sie und fuchtelte mit einigen langen Haarsträhnen vor Jules Gesicht herum.

„Ich verbitte mir, daß Sie mich duzen und mich beschimpfen", empörte sich Jule und wich ängstlich zurück. Doch die Kundin konnte sich überhaupt nicht beruhigen, riß sich weitere Exemplare ihrer strähnigen Haare vom Kopf und bewarf damit die Beschuldigte. Erst als die Chefin erschien, beruhigte sie sich etwas.

„Lassen Sie mich einmal sehen", forderte die und warf Jule einen strafenden Blick zu. „Offenbar ist eine unkorrekte Haardiagnose gestellt worden. Deshalb sind in der Tat mehrere Haare abgebrochen, einige sind porös und wieder andere scheinen in der Struktur geschädigt", stellte sie fest.

„Selbstverständlich erstatte ich Ihnen die Kosten und richte Ihre Frisur umgehend neu her", schlug die Chefin eilfertig vor. „Na! Wenn das so ist, bin ich einverstanden", zeigte sich die Kundin scheinbar versöhnlich. Doch dann brach es erneut aus ihr heraus. „Sie verklage ich wegen Körperverletzung", drohte sie Jule an und verließ, endlich fachgerecht gestylt, triumphierend den Schauplatz.

Die Chefin war stinksauer. „Du hast falsche Wickler verwendet und eine viel zu aggressive Dauerwellenlösung eingesetzt. So etwas passiert nur, wenn man mit den Gedanken nicht bei der Sache ist", monierte sie. Und dann, einmal in Fahrt gekommen, wusch sie nach: „Wenn Dir der Fußball wichtiger ist als der Beruf, dann hast Du hier nichts mehr verloren. Für den entstandenen Schaden wirst Du mir gerade stehen, und wehe Dir, wenn die Dich wirklich verklagt!"
Schuldbewußt ließ Jule die Gardinenpredigt über sich ergehen.

Fred würde heute anrufen. Unruhig und mit sich selbst unzufrieden, wuselte sie durch die kleine Wohnung. Sie hatten sie kurz vor dem Beginn seines Einsatzes bezogen. Nur wenige gemeinsame Stunden waren ihnen deshalb hier bislang vergönnt gewesen. Beim Abschied hatte er sie beschworen: „Laß Dich nicht unterkriegen!" Sie versuchte, sich daran zu halten. Aber wie der heutige Tag gezeigt hatte, ging das manchmal auch daneben.

Kann er denn nie pünktlich sein? Nervös schaute sie immer wieder zur Uhr.

Endlich klingelte das Telefon. Seine Stimme klang ruhig und klar. Die Entfernung vermochte daran nichts zu ändern.

„Mir geht es gut. Mach Dir keine Sorgen. Ich vermisse Dich. Sag doch was!"

„Ja Liebster, mir geht es auch gut. Paß bloß auf Dich auf, dort unten, in der hellen Sonne und den Minen in der unschuldigen Erde. Ich habe große Sehnsucht nach Dir, möchte Deine Hände spüren und Dein Lachen sehen. Kannst Du nicht machen, daß die Zeit schneller vergeht?", hauchte Jule.

„Wie gerne nähme ich Dich in meine Arme. Mach es gut bis zum nächsten Mal", hörte sie die vertraute Stimme sagen.

„Ich liebe Dich, mein tapferer Soldat!", schluchzte Jule. Im Hörer knackte es. Die Verbindung war getrennt. Sie rollte sich in ihrem Bett zu einem Knäuel zusammen und brach, da sie es in ihrer Einsamkeit und vor Sehnsucht nicht länger aushielt, in Tränen aus. Viele Tage und Nächte würde der Platz an ihrer Seite noch leer bleiben.

Kann sie, mit sich allein, Verlangen verdrängen, Ungewißheit zähmen und Zweifel überwinden?

„Unsere aktuelle Situation ist nicht gerade rosig", sprach der Trainer mit Blick auf die an der Pinnwand befestigte Tabelle. „Was denkt Ihr, sollten wir tun?", fragte er in die Runde seiner vollzählig versammelten Spielerinnen.

„Mein Vater meint, so oft, wie wir jetzt schon verloren haben, das sei rekordverdächtig, und um Rekorde gehe es doch schließlich heut zu Tage", flaxte Kirsten. „Spaß beiseite", parierte der Trainer und legte seine Stirn in sorgenvolle Falten.

„Wir wollen spielen! Das war von Anfang an unser Ziel. Die Frage, in welcher Klasse wir künftig spielen, sollten wir vielleicht neu bedenken. Ihr kennt alle meinen Ehrgeiz, wenn es um Sieg oder Niederlage auf dem grünen Rasen geht. Aber auch ich mußte lernen, meine Möglichkeiten realistischer einzuschätzen. Wer zuviel will, dem bleibt am Ende manchmal wenig oder sogar nichts. Ich bin froh, nach dem Zerwürfnis mit meiner Chefin wieder einen Job gefunden zu haben, und daß Fred gesund zu mir zurück gekehrt ist. Deshalb schlage ich vor: Wir tun auch weiterhin unser Bestes, im Training und natürlich auch im Wettkampf. Sollte das nicht reichen, geht doch die Welt auch nicht unter", argumentierte Jule.

Alle nickten. Bis auf eine. Die strohblonde Susanne begehrte auf. „Langsam geht mir das an die Nieren. Man rackert und rackert, Sonntag für Sonntag, reißt sich beim Training den..., na Ihr wißt schon, auf! Und was hat man davon? Niederlagen am Stück, Spiel für Spiel. Mich frustet das, ich könnte fuchsteufelswild werden. Das muß sich doch endlich einmal ändern. Irgend etwas machen wir falsch."

Hilfe suchend schaute sie auf den Trainer. Der lächelte versonnen und erklärte: „Ich kann Dich gut verstehen. Du willst Siege, Erfolge, Jubel über erzielte Tore. Aber das geht nicht im Selbstlauf. Woran liegen denn Deine Ladehemmungen?", wandte er sich direkt an Susanne.

Die kaute verlegen auf der Unterlippe, errötete langsam und winkte schließlich ratlos ab. „Ich weiß auch nicht so recht, woran es liegt, habe eben im Moment keinen Lauf!"

„Mach es Dir nicht so einfach", krittelte der Trainer. „Stärkere Physis, besseres technisches Vermögen und entschlossenere Handlungen sind mehr denn je gefragt. Und daß kann man, außer im engagierten Spiel, nur im Training erarbeiten, immer wieder, bis das Blut aus der Nase kommt! Eine andere Möglichkeit sehe ich nicht."

Nachdenklich sprach Laura aus, was eigentlich alle bewegte. „Machen wir uns das Ganze doch nicht so schwer! Spaß und Freude wollen wir an unserem Sport haben, einen Ausgleich zum Streß im Beruf und im Alltag. Gerade, weil wir das stets beherzigt haben, blieben auch Erfolge nicht aus. Warum sollte sich daran etwas ändern?"

Der Himmel, schon seit Stunden grau in grau, öffnete plötzlich seine Schleusen. Aufkommender Wind peitschte den Regen. Trotz der Tiefstrahler, die den Trainingsplatz beleuchten sollten, waren für den Trainer nur noch die Konturen der Spielerinnen zu erkennen. Er würde die Begegnung sechs gegen sieben abbrechen und zum Abschluß jede einen 30 - Meter - Sprint absolvieren lassen. Das sollte für heute genügen!

Jule nahm gelassen die Startposition ein. Sie wußte, daß sie nicht die Schnellste war. Aber sie würde alles geben. Wie immer. Nach zehn oder zwölf Schritten, sie war gerade richtig in Fahrt gekommen, jagte ein grausiger Schmerz durch ihren Körper. Ist das die Hölle?, konnte sie noch denken.

Sie versuchte krampfhaft, ihre Augen zu öffnen. Erst nach mehreren Versuchen gelang es ihr. „Wo bin ich?", fragte sie mit schwerer Zunge.

„Na endlich", vernahm sie eine angenehm klingende Frauenstimme. „Sie befinden sich im städtischen Krankenhaus, haben eine komplizierte Operation gut überstanden!"

Noch immer war Jule nicht völlig wach. Warum liege ich in einem fremden Bett, warum riecht es nach Desinfektionsmitteln, warum ist alles schneeweiß? Bin ich etwa krank?, erschrak sie.

Sie spürte ihren Körper, deutlich. Doch was war das?

Ihr rechtes Bein hing am Rumpf, ohne Gefühl darin, wie ein Fremdkörper, bewegungslos. „Was ist mit meinem Bein?", schrie sie entsetzt.

„Beruhigen Sie sich", hörte Jule die Frau in Weiß mit eindringlicher Stimme sagen. „Sie hatten einen vollständigen Meniskusriß mit blutigem Kniegelenkserguß. Wir haben operiert, das heißt den Riß und den Bluterguß versorgt und Ihr Bein ruhig gestellt. Wenn die Schwellung abgeklungen ist, kommt das Bein in einen Gipsverband.

Außerdem wurde ein Knorpelschaden im Kniegelenk korrigiert und ein überdehntes Kreuzband diagnostiziert. Das sind alles typische Schäden, die vom Fußball herrühren. Sie können froh sein, daß Sie noch einmal so glimpflich davongekommen sind. Fußballspielen können Sie sich getrost abschminken. Bestenfalls reicht es noch zum Zuschauen."

Vicki hockte auf der Kante des Krankenbettes.
Jule lächelte schwach. „Was macht unser Fußballer?"
„Der wächst und gedeiht", antwortete Vicki stolz.
„Hier, nimm den Rotstift. Heute bist Du dran." Jule schob das Gipsbein unter der Bettdecke hervor, stöhnte leicht und forderte ungeduldig: „Mach schon!"
Vicki nahm den Stift und kritzelte ihren Namenszug auf den weißen Gips, unter den von Frank. „Danke", hauchte Jule.
„Wie lange noch?", fragte Vicki und deutete vage lächelnd auf das Gipsbein. „Noch Wochen, wenn nicht gar Monate. Sie wollen kein Risiko eingehen", gab Jule Bescheid und nörgelte weinerlich: „Weißt Du eigentlich, wie lang ein Tag, eine Woche sein können? Und Fußball siehst Du nur im Fernsehen, Männerfußball selbstverständlich!"

Vicki bestimmte kategorisch: „Das schaffst Du! Sei bloß nicht so ungeduldig!"

„Ich will hier raus, es ist stinklangweilig ohne Euch!"

„Nun mach mal einen Punkt. Mir geht es doch ähnlich. Erst wenn ich den Kleinen nicht mehr stille, spiele ich wieder, das ist doch klar! Man kann den zweiten Schritt nicht vor dem ersten tun. Deshalb nimm Dich zusammen. Auch Du wirst wieder spielen!", blickte Vicki voraus.

Jule schüttelte den Kopf: „Die haben aber mit ihren Prognosen alle meine Hoffnungen begraben. Wenn der Gips ab ist, sind noch absolute Schonung und Reha angesagt. Dir fehlt ja nichts, Du warst ja nur schwanger!"

„Ach Jule! Du kommst wieder, verlaß Dich darauf! Wir brauchen Dich!", beschwor Vicki ihre Freundin.

„Das wäre wirklich eine Sensation, unsere zweite Karriere! Du eine spielende Mutti und ich von den tot Gesagten wieder auferstanden. Das gab es noch nie im Verein", zeigte sich Jule euphorisch.

„Sollte ich meine aktive Laufbahn wirklich beenden müssen, könnte ich mir vorstellen, als Trainerin zu arbeiten", erklärte sie nach einer Weile der überrascht dreinschauenden Vicki.

Doch schon im nächsten Moment zeigten sich Sorgenfalten auf ihrem Gesicht.

„Was ist, Jule? Eben warst Du doch beinahe schon wieder die Alte!"

„Als ich hier manchmal so lag, beschlich mich plötzlich Angst, mörderische Angst."

„Angst? Wovor?"

„Es läßt sich schwer beschreiben", grübelte Jule. „Ich denke, vor dem Alltag, vor der Zukunft, vor den Folgen der Verletzung!"

„Du mußt keine Angst haben. Du solltest nachdenken und erkennen, daß Realität und Ideal leider oft auseinanderklaffen. Ideale brauchen wir, damit wir uns auseinandersetzen mit unseren Bequemlichkeiten. Aber Du darfst nicht mit Scheuklappen Deinem Ideal hinterherjagen. Dir könnte sonst der Mut abhanden kommen den Du brauchst, um die eigenen

Probleme zu akzeptieren", beschwichtigte Vicki.

„Ich habe sehr viel nachgedacht, seit ich hier liegen muß", sinnierte Jule.

„Und, zu welchen Ergebnissen bist Du gekommen?", fragte Vicki gespannt.

Jule ließ sich Zeit mit der Antwort. Sie suchte nach den passenden Worten.

„Ich wollte und ich will mich stets und ständig selbst beweisen. Mein ganzes Leben und der Sport darin, das war und ist eine immerwährende Auseinandersetzung mit mir selbst! Mit allen Höhen und Tiefen, mit allen Siegen und vor allem Niederlagen selbst fertig zu werden, darauf kommt es mir an. Kannst du das verstehen?"

Vicki lächelte zustimmend und umarmte ihre Freundin innig, als die angriffslustig ausrief: „Deshalb bin ich immer noch spielgeil!"

Das Kleeblatt

*R*oberto liebt es, sich in den Ferien erst gegen Mittag aus dem Bett zu wälzen. Er begibt sich dann in die Küche, um zu brunchen. Doch so einfach geht das dieses Mal nicht.

Wie bei anderen Gelegenheiten hatte er auch gestern den schriftlichen Auftrag seiner Mutter ignoriert. Schließlich war er nicht der Laufbursche der Familie. Sie würde den Einkauf wie immer selbst erledigen müssen. Aber den Fünfzig- Euroschein und die Schlüssel von Vaters Wagen hatte er eingesteckt.

Er war zum Treff des "Kleeblatts" gebrettert. Trockener, roter Wein hatte allen geschmeckt. Danach fuhr er Evi nach hause. Er mußte sie haben. Immer bekam er, was er wollte! Erstmalig hatte sie ihm Hoffnung gemacht, ihn zum Abschied geküßt. Nicht wie sonst freundschaftlich, sondern hingebungsvoll. Er kannte sich aus. Daran konnte nicht nur der Wein Schuld gewesen sein. Und nun stand er in der Küche und mußte feststellen, daß Mutter reagiert hatte.

Der Kühlschrank war leer. Keine frische Milch, kein knackiges Obst, kein geräucherter Schinken. Nicht einmal Brötchen zum Aufbacken fanden sich.

Leise fluchend trottete er auf sein Zimmer und überprüfte den Inhalt seiner Geldbörse. Wehmut überkam ihn. Er durfte gar nicht daran denken, daß die Ferien schon wieder zu Ende waren. Bis zum Abitur galt es, eine letzte Anstrengung zu vollbringen.

Seine Chancen auf einen guten Abschluß standen nicht schlecht. Er gehörte zu den Besten. Und daran würde sich nichts mehr ändern, gestand er sich selbstgefällig ein.

Einen Studienplatz an der hiesigen Universität hatte ihm Vaters Freund, Professor Unbehau, bereits zugesagt. Was sollte also groß passieren? Ich will mich vergnügen, mich im Augenblick ausprobieren als Kopf des "Kleeblatts", und über mich hinaus wachsen im Kampf um Evi!

Mit diesen Überlegungen verließ er die elterliche Wohnung am Kaßberg.

An gewohnter Stelle, einen Steinwurf hinter dem Bahnhof, in einer kaum belebten Sackgasse, traf er den Dealer. „Wie immer?", fragte der. Roberto nickte und nahm das Teufelszeug an sich. Ohne Eile schlenderte er dann die Fußgängerzone entlang. Einer dunkelhaarigen Schönheit pfiff er bewundernd hinterher.

Auf dem Markt suchte er sich einen günstigen Platz am Tisch eines Straßencafés. Arrogant blickte er auf das Gewimmel der Menschen, die sich an den kleinen Ständen und Buden bedienen ließen, ein Schwätzchen machten oder hastig eine "Thüringer" verdrückten.

Die Uhr des Rathauses schlug vier. Roberto betrachtete, in sich selbst verliebt, die Konturen seines Gesichts, das sich in der Glasfassade der "Galeria- Kaufhof" spiegelte.

Conni tauchte auf, die Sonnenbrille im wuscheligen Blondhaar. Ultraweiche Lederhosen und ein knallrotes Top zierten ihren tadellosen Körper. Sie küßte ihn flüchtig auf beide Wangen, nahm an seiner Seite Platz und zündete sich eine Zigarette an.

„Wartest Du schon lange?", fragte sie, ohne ihn anzublicken.

„Nicht lange", antwortete er maulfaul. Arm in Arm erschienen wenig später Evi und Arno auf der Bildfläche. Roberto ließ kein Auge von ihr. Doch Evi tat so, als wäre gestern abend nichts passiert.

„Wollen wir hier Wurzeln schlagen? Laßt uns zum Stausee fahren. Ich habe das Cabrio meines Alten ausgeliehen", gab sich Arno selbstsicher. Sie brachen auf. Rücksichtslos bahnte sich Roberto einen Weg durch das Menschengewimmel des Marktes.

Mit beängstigender Geschwindigkeit jagte Arno durch die Straßen der Stadt. Die Mädchen kreischten laut und klammerten sich an den Rückenlehnen der vorderen Sitze fest.

„Weniger als acht Minuten vom Zentrum bis hier raus. Ich denke, daß bedeutet neuen Rekord", resümierte Arno zufrieden. Er ließ den Motor des Wagens im Leerlauf noch einmal aufheulen, bevor er ihn abstellte.

„Selbstverständlich gehen wir baden", bestimmte Roberto. Die Mädchen kicherten. Er stiefelte los. Die drei folgten ihm. Im FKK - Bereich mischten sie sich ungeniert unter die Nackten.

Conni schwamm mit kräftigen Zügen auf die Mitte des Sees zu. Evi planschte in der Nähe des Ufers herum. Arno und Roberto tauchten und wollten sich dabei gegenseitig übertreffen.

Als nach einer Weile beide fast gleichzeitig auftauchten, fragte Arno lauernd: „Was war denn gestern abend noch zwischen Dir und Evi?"

„Was soll denn gewesen sein? Ich habe mich vor der Haustür von ihr verabschiedet und bin heim gefahren!"

„Mach mir nichts vor, alter Freund", grübelte Arno laut und drohte: „Sie ist mein Mädchen! Merke Dir das, oder Du bekommst Ärger ohne Ende!"

„Nun aber mal sachte", knurrte Roberto zurück. „Dir scheint zu entgehen, daß Evi dabei auch noch ein Wort mitzureden hat. Wir sind doch nicht im Mittelalter."

„Ich warne Dich, Roberto! Übertreibe das Spiel nicht. Evi erscheint mir heute anders, verwirrt, verunsichert. Warum wohl?"

„Was weiß denn ich, frag sie doch selbst", entgegnete Roberto scheinbar wütend.

Dann lagen sie im Gras und ließen sich von der Sonne trocknen und erwärmen. Arno streichelte Evi zärtlich über Rücken und Po. Roberto versuchte vergeblich, Blickkontakt zu ihr zu bekommen. Conni drehte sich laufend vom Bauch auf die Seite und danach auf den Rücken. Sie wollte rundherum Farbe aufladen.

„Ein Königreich für einen Joint", brachte sie plötzlich mit spröder Stimme hervor und schaute, sich aufrichtend, herausfordernd in die Runde. Mit Besitzerstolz in den Augen betrachtete Roberto die heißen Kurven seiner Freundin.

Im Bett verstanden sie sich gut. Aber sie teilte nicht seine Vorstellungen vom Leben. Vor allem nicht, dem Phantom eines Vorbildes aus der Schicki- Micki- Szene nachzujagen. Keiner wußte es besser als sie, daß Roberto stets im Mittelpunkt des Geschehens stehen wollte. Es ist wie eine Droge für ihn. Er möchte prominent, in der Öffentlichkeit bekannt sein.

Sie ist da eher pragmatisch, hatte sich ein Bild von sich selbst entworfen und tut das ihr Mögliche, diesem Bild im Alltag nahe zu kommen. Conni war in einem Heim aufgewachsen. In dem Jahr, in dem sie eingeschult wurde, waren ihre Eltern bei einem Flugzeugabsturz zu Tode gekommen. Jetzt lebte sie bei einer fast erblindeten Tante ihrer Mutter.

Trotz seiner Macken fühlte sie sich zu Roberto hingezogen. Defizite in Bezug auf Geborgenheit und Nestwärme glaubte sie in seinem Dunstkreis ausgleichen zu können. Mit Haut und Haar gab sie sich ihm deshalb hin.

„Dir kann geholfen werden", streute Roberto beiläufig hin.

„Hat noch jemand Bedarf?"

„Keine schlechte Idee", antwortete Evi. Sie räkelte sich und schnurrte wie ein zufriedenes Kätzchen. Roberto rieselte ein heißer Schauer über den Rücken. Schnell bedeckte er mit der linken Hand notdürftig seine Blöße. Evi lief rot an und drehte ihm den Rücken zu.

Arno knurrte: „Nun pack schon aus, wenn Du etwas dabei hast!" Sie brannten sich die Lunten an. Einige der Nackten um sie herum hoben schnuppernd ihre Nasen in die Luft. „Das tut gut", seufzte Conni.

„Laßt uns aufbrechen", schlug wenig später Roberto vor. „Wir treffen uns am Abend in der Disco! Morgen können wir noch einmal ausschlafen. Am Montag beginnt wieder die Penne, dann ist es vorbei mit lustig."

„Einverstanden", bestätigte Arno. Die Mädchen nickten.

„Wie war Dein Tag?", fragte die Mutter in die Stille des Raumes. Sie saßen, was selten genug vorkam, gemeinsam beim Abendessen.

Der erfolgreiche Unternehmer schaute genervt über den Rand der aufgeschlagenen Tageszeitung und zuckte mit den Schultern. Roberto betrachtete sich als nicht angesprochen.

Die Mutter hatte wohl keine Antwort erwartet. Sie gabelte abwesend ihren Salat. Roberto tafelte voller Genuß. Hier ein Stück Käse, dort einen Happen vom kalten Braten und schließlich ein Schlückchen Wein. Das war nach seinem Geschmack. Die alte Berta trug den Hauptgang auf. Gebratene Forelle. Gekonnt zerlegte er den Fisch.

„Kann ich Deinen Wagen haben, und etwas Geld?", wandte er sich kauend dem Vater zu. Der nahm die rechte Hand von der Zeitung und kramte in den Taschen seines tadellos sitzenden Anzugs. Dann legte er wortlos die Autoschlüssel und einen Schein auf den Tisch.

Roberto nahm ohne Eile, wie selbstverständlich, das Verlangte. „Ich gehe zur Disco", stellte er kategorisch fest und verließ den Raum. Niemand hielt ihn auf, keiner fragte.

Die alte Frau schüttelte verständnislos den Kopf.

Evi betrachtete sich zufrieden lächelnd im Spiegel. Er konnte kommen. Sie war bereit. Besorgt mahnte die Mutter: „Laß es nicht so spät werden. Denke an den Streß der vergangenen Wochen. Von früh bis spät warst Du auf den Beinen in dem Eiscafé. Ein wenig mehr Ruhe würde Dir nicht schaden, so kurz vor dem Schulbeginn."

„Ach Mama. Du weißt doch, daß ich Musik und Tanz liebe. Laß mich an Arbeit erst wieder ab Montag denken", seufzte Evi.

„Bist Du verliebt in ihn?", fragte sie neugierig. „Mir gefällt seine Spontaneität. Er benimmt sich manchmal wie ein kleiner Junge, will mir imponieren. Ich mag ihn. Aber ob es Liebe ist?"

„Hoffentlich ist er nicht so ein Windhund wie Dein Vater. Der hat mich sitzen lassen, als Du gerade drei warst."

„Ich weiß, Mama. Dein Bild von den Männern ist verzerrt.

Zwischen Arno und mir ist doch noch gar nichts entschieden. Ich denke nur, daß zu den Freuden des Lebens auch ein Partner gehört, mit allen Drum und Dran."

Den aufkommenden Gedanken an Roberto unterdrückte sie. Arno hupte. Dreimal kurz, einmal lang. „Ist er das?", fragte die Mutter.

„Das ist er. Schlaf gut, Mama, und mache Dir keine Sorgen."

In der Disco brodelte es. Die Gesichter der Tanzenden glänzten. Sie hatten ihren Stammtisch belegt, tranken wie immer roten Wein. Ihre Gliedmaßen zuckten im Rhythmus der Musik. Endlich verschwand Arno. Allein, ohne Evi. Er wollte etwas frische Luft schnappen.

Roberto griff sich das Mädchen und zog es auf die Tanzfläche. Er spürte ihre Erregung.

„Laß uns in den Garten gehen!" Ohne Widerrede folgte sie ihm. Im Dunkel, zwischen dickstämmigen Bäumen und großen Büschen, fielen sie sich in die Arme. Sie atmeten keuchend und küßten sich gierig.

„Warte heute auf mich. Wenn hier alles vorbei ist, komme ich zu Dir", drängelte er. „Ja, ich will Dich", hauchte Evi und befreite sich sanft aus der Umarmung.

In der Tür stand Arno. „Geh Du schon mal rein", herrschte er Evi an. Mit Schreck in den Augen zwängte sie sich an ihm vorbei. „So kommst Du mir nicht davon", zischte er Roberto an. Der versuchte, sich den Zugang zu erzwingen. Ohne Erfolg. Arno hielt ihn am Kragen fest.

„Wir fechten das jetzt aus, sofort, auf der Stelle", verlangte er. Roberto hatte seinen Widerstand aufgegeben. Er schrie: „Aber zu meinen Bedingungen!"

„Von mir aus", stimmte Arno, ohne zu zögern, zu. Sie durchquerten die Disco. Die Mädchen unterhielten sich, die Köpfe eng zusammen gesteckt, und bekamen nichts mit.

„Wer fängt an, kurz oder lang?", wollte Arno wissen.
Roberto streckte die Faust seiner rechten Hand vor. Arno zog die Hälfte eines Streichholzes. „Also! Du zuerst", forderte

er. „Gut!", quittierte Arno. „Und noch einmal. Wer die schnellste Zeit schafft, dem gehört Evi, endgültig!"

„Gemacht!", stimmte Roberto mit grimmiger Stimme zu.

Arno gilt als kunstbesessen. Er versäumt keine Premiere an der Oper der Stadt. Die Säle der Kunstgalerie kennt er wie seine Westentasche. Er freut sich schon auf die Picasso- Ausstellung, die am Jahresende im Museum zu bestaunen sein würde.

Wohl hatte es ihm, sehr zum Leidwesen seines Vaters, an der notwendigen Ausdauer gefehlt. Trotzdem spielt er ganz passabel Klavier. Der von ihm bevorzugte Meister ist Händel. Dessen Musik kann ihm Tränen in die Augen treiben.

In Evi sieht er die Vollkommenheit künstlerischer Arbeit der Natur, wie er sich einmal ausgedrückt hatte. Ein Vergleich der Harmonie zwischen der Feuerwerksmusik und Evis Ausstrahlung geht nach seiner Auffassung klar zu ihren Gunsten aus. Roberto kennt er aus unbeschwerten Kindheitstagen.

Durch ihre Freundschaft kamen sich auch ihre Eltern näher. Professor Unbehau und Dipl.- Ing. Dr. Leonhard. Das paßte. Die Alten mochten sich, besonders die Väter. Sie hatten ihn immer wieder ermuntert, Kunstgeschichte zu studieren.

Und früher oder später würde er das auch tun. Aber nach dem Abitur gedachte er, erst eine Zeitlang nichts zu machen. Da wollte er das Leben schmecken. Mit seiner Evi. Sie würden gemeinsam ihre Zukunft planen. Roberto kann er entbehren. Der steht zwischen ihm und Evi. Das spürt er. Doch er läßt sich nicht ausstechen. Er nicht! Und schon gar nicht von Roberto, seinem Freund.

Die Rennstrecke war die Leipziger Straße, von der Einmündung der Bornaer Straße stadteinwärts, bis zur Kreuzung Reichsstraße/Hartmannstraße und zurück. Arno bestieg das Cabrio. Roberto gab das Startzeichen und drückte die Stoppuhr. Mit durchdrehenden Rädern raste Arno los. Die Straße war frei. Nach etwa zehn Minuten dachte Roberto: Der hat sich wohl verdrückt? Wo bleibt denn der? Wütend warf er sich in die Limousine und gab Gas.

In der Linkskurve am Küchwald geschah es. Der Wagen schoß geradeaus, schleuderte gegen die Bordsteinkante, überschlug sich, krachte gegen einen Baum und fing sofort Feuer.

Eine Polizeistreife hatte Arno noch vor dem Wendepunkt gestoppt. Ohne Umschweife gestand er den Beamten den Grund für seine Raserei. Zügig fuhr die Streife stadtauswärts. Für Roberto kam jede Hilfe zu spät. Die Männer in Uniform konnten nichts mehr tun. Er verbrannte in den Trümmern des Wagens seines Vaters.

Die Ermittlungen ergaben, daß Roberto die Kurve mit 163 Km/h angesteuert und offensichtlich die Gewalt über das Fahrzeug verloren hatte. Den Führerschein besaß er seit einem halben Jahr. Seine Fahrpraxis belief sich auf wenige hundert Kilometer. Die Obduktion enthüllte einen Blutalkoholwert von 1,42 Promille. Am fünfzehnten September wäre er neunzehn Jahre alt geworden.

Arno und Evi wurden kein Paar. Conni verließ die Stadt. Ein schlichtes Holzkreuz bezeichnet die Unglücksstelle. Manchmal flackert der Schein brennender Kerzen. Abgelegte Blumen welken schnell. Passanten hasten achtlos vorbei.

Ein Gespenst geht um

*M*it sanftem Schaukeln setzte die Maschine auf der Rollbahn des Flughafens auf und bewegte sich gemächlich zum Flugsteig für ankommende Passagiere. Verena Jacobi hatte das Schweben über den Dächern der Stadt wie jedesmal genossen und freute sich, nach einer Woche Urlaub wieder zu hause zu sein.

In der Halle mußte sie nicht lange suchen, denn mit einem glücklichen Schrei stürzte sich Stefan, ihr elfjähriger Sohn, in ihre Arme und barg schluchzend vor Freude seinen Kopf an ihrer Brust. Die Eltern hatten etwas abseits wartend, die Begrüßung zwischen den zwei zufrieden lächelnd beobachtet und näherten sich nun zur Übergabe eines bunten Straußes.

„Gut siehst Du aus", bescheinigte ihr der Vater, während ihr die Mutter einen Kuß auf die Stirn hauchte. Auf der Fahrt durch die herbstliche Landschaft beantwortete Verena geduldig die Fragen des Sohnes nach Abenteuern im Wilden Westen.

„Es war wunderbar", schwärmte sie und schloß, überwältigt von Erinnerungen, für einige Sekunden die Augen. Die Eltern versprachen, Stefan noch bis kommenden Mittwoch zu betreuen. „Viel Glück in München", wünschten die drei, und verabschiedeten sich.

Verena fuhr mit dem Lift in die fünfte Etage des Apartmenthauses und betrat ihre Eigentumswohnung. Duschen und dann nur noch schlafen, waren ihre Gedanken. Neugierig hörte sie, in ein großes Badetuch gewickelt, das Band des Anrufbeantworters ab und schmunzelte schläfrig, als sie die Stimme ihrer Freundin Alexandra und deren Bitte vernahm, sich umgehend nach ihrer Ankunft zu melden. Später, meine Liebe, später! Ein traumloser Schlaf umfing sie.

Am Montag früh hatte Verena gut gelaunt den ICE nach München bestiegen. Jetzt saß sie im mäßig besetzten Speisewagen und frühstückte ausgiebig. Das Vogtland flog an ihr vorbei.

Sie mußte an den Feldeinsatz im letzten Frühjahr denken, der sie für einige Tage in diese Gegend geführt hatte.

Es war eine gute, eine erfolgreiche Woche für sie selbst und auch die anderen Mitglieder des Teams gewesen. Sie hatten sich gefragt, woher die Leute das Geld für ihre nicht gerade billigen Produkte nahmen. Und einige hatten orakelt, daß es so schlimm mit den Folgen der Arbeitslosigkeit doch gar nicht sein könnte?

Verena wußte das allerdings besser, denn sie war gleich nach der Wende als Lehrerin entlassen worden, und mußte sich arbeitslos melden.

Mit Grausen erinnerte sie sich noch heute ganz genau daran, daß sie damals in ein tiefes Loch gefallen war. Es hatte sie völlig unvorbereitet getroffen.

Ihre Lage erschien ihr ausweglos, geradezu gespenstisch. Angst hatte sie angesprungen. Ohnmächtig wollte sie sich in ihr Schicksal ergeben. Sogar an Selbstmord hatte sie gedacht. Doch das war lange her. In der Zwischenzeit war viel Wasser die Bäche hinab gelaufen.

Die Tätigkeit im Außendienst machte ihr Spaß, die Anforderungen paßten zu ihrem fachlichen Profil, und Geld war auch gut zu verdienen. Sie hatte es gepackt.

Gestern, am Sonntag, telefonierte sie selbstverständlich mit Alexandra. Sie vereinbarten, sich am Nachmittag in ihrem Stammcafé zu treffen. Wie immer saßen sie an dem kleinen runden Tisch in der Nähe des Fensters, das den Blick auf die vorbeihastenden Leute ermöglichte, und ließen sich verwöhnen.

„Waren denn auch Männer in der Reisegruppe?", wollte Alex, wie sie von Verena zärtlich genannt wurde, wissen. „Na klar waren auch Männer dabei, was denkst denn Du!"

„Und, hat es gefunkt bei Dir?"

„Ach Alex, Du denkst auch immer nur an das Eine", seufzte Verena.

„Na sag schon", drängelte Alex.

„Mir hätte schon dieser oder jener gefallen, aber die waren leider alle in Begleitung ihrer Frauen oder Freundinnen, bis auf John, aber der war nicht meine Kragenweite."

„Wieso? War der häßlich, hat er gestunken oder war der schwul?"

„Nichts von alledem. Er war Amerikaner, schwarz und Reiseleiter."

Verena mußte unwillkürlich lächeln, als sie daran dachte, während sie sich wieder in ihr Abteil begab. Bis zum Ziel in München würden noch einige Stunden vergehen. Die Einladung zu einem Gespräch mit dem Vertriebsleiter des Unternehmens hatte sie noch vor ihrer Urlaubsreise erhalten.

Eigentlich konnte es nur um ihre Erfahrungen gehen, die sie mit dem Verkauf des seit Sommer auf dem Markt befindlichen neuen Produkts gesammelt hatte.
Pünktlich erschien sie in dem protzigen Bau aus Glas und Beton und saß wartend im Vorzimmer des Vertriebsleiters. „Er ist noch beim Chef", hatte ihr Frau Nahler flüsternd mitgeteilt. „Kein Problem", antwortete Verena und vertiefte sich in einen Artikel des "Münchner Kurier", der über

den sensationellen Erfolg eines Künstlers berichtete, den er mit der Gestaltung eines bestens eingeführten Produkts auf der Frankfurter Buchmesse errungen hatte. Inzwischen verkauft sich das recht erfolgreich, stellte sie zufrieden fest.

„Guten Tag, Frau Jacobi!" Die sonore Stimme des Vertriebsleiters schreckte Verena aus ihrer Lektüre. „Hatten Sie eine gute Fahrt? Kommen Sie! Frau Nahler, bitte zwei Kaffee."

Während Franke das sprach, hatte er Verena besitzergreifend am rechten Arm gefaßt und sanft durch die offene Tür in sein Büro geschoben. „Ich freue mich, Sie wieder einmal in München zu sehen und hoffe, daß Sie mir heute Abend die Ehre erweisen und mit mir Essen gehen."

„Ich freue mich auch und nehme Ihre Einladung zum Essen gerne an."

„Na, wer sagt es denn? Sie sind doch gar nicht so, wie immer behauptet wird."

„Ich weiß zwar nicht, wovon Sie reden, aber ich sehe kein Problem darin, mit Ihnen zu speisen! Warum sollte ich?"

„Recht so, meine Liebe", zeigte sich Franke erfreut.

Frau Nahler brachte den Kaffee herein.

„Bitte nicht mehr stören", verlangte Franke kategorisch, worauf die Sekretärin verständnisvoll mit dem Kopf nickte und geräuschlos den Raum verließ.

„Wieviel Exemplare des neuen Produkts haben Sie denn inzwischen verkauft?", wollte Franke wissen. Also geht es doch um deine Erfahrungen, dachte Verena erleichtert und gab Bescheid.

„Wenn ich das richtig sehe, dann ist das immer noch einsame Spitze unter allen Mitarbeitern. Wie machen Sie das nur?" Verena errötete leicht und meinte: „Ein wenig Glück, ein wenig Erfahrung, ein wenig Charme, eben von allem ein bißchen, das macht wohl den Erfolg aus!"

„Wie dem auch sei. Solche Mitarbeiter wie Sie kann man in diesen Zeiten nicht genug haben. Damit andere so schnell wie möglich auch dahin kommen, wo Sie mit ihren Ergebnissen bereits sind, wollen wir Sie befördern."

Verena schaute den Vertriebsleiter zweifelnd an, brachte dann ihr charmantestes Lächeln zuwege und fragte gespannt: „Wollen Sie mich nach Österreich schikken oder in die Schweiz?"

„Keineswegs", konterte Franke. Er suchte in den Zügen der jungen Frau zu lesen, taxierte sie wie der Händler eine Ware auf dem Basar und räusperte sich schließlich verlegen. „Also, um es kurz zu machen.

Ab dem ersten Dezember brauchen wir für das Gebiet Westsachsen - Thüringen einen neuen Regionalleiter. Diese Position sollen Sie besetzen. Was sagen Sie dazu? Ich hoffe, Sie geben mir keinen Korb."
Verena erschrak. „Können Sie das noch einmal wiederholen?"

„Gesagt ist gesagt. Ich warte auf Ihre Antwort", entgegnete Franke belustigt.
„Ich soll also drei Teams, warten Sie, ich glaube, daß sind sechsundzwanzig Leute, führen?"

„Genau das erwarten wir von Ihnen."
„Haben Sie vielleicht einen Kognac, oder so etwas ähnliches?"

Franke erhob sich, öffnete eine Tür des edlen Schrankes, der an der Wand stand, entnahm diesem eine halbvolle Flasche Asbach und zwei Gläser, goß gekonnt ein, und reichte eines der Gläser quer über die Tischplatte zu Verena hinüber.

„Prost, Frau Regionalleiterin!"

Auf einen Zug leerte Verena das randvolle Glas, schüttelte sich wie ein junger Pudel, hielt Franke das Glas hin, welches der wortlos erneut füllte, und goß auch dieses, ohne abzusetzen, in sich hinein.

„Frau Regionalleiterin bedankt sich für das Vertrauen des Herrn Vertriebsleiter! Uuups!"

„Soll das heißen, daß Sie einverstanden sind?", fragte Franke etwas unsicher.

„Ja, das soll es heißen! Sind Sie nun zufrieden?" Der Vertriebsleiter zündete sich, offenbar entspannt, eine Zigarette an.

„Herzlichen Glückwunsch zur Beförderung, liebe Kollegin", brachte er flott hervor.

„Eine Bedingung stelle ich aber."

„Und die wäre?", wollte Franke lächelnd wissen.

„Sie nehmen mich fachlich unter ihre Fittiche!"

„Nichts lieber als das, beste Verena, das ist doch selbstverständlich. Damit haben wir einen guten Grund, heute abend zu feiern. Meinen Sie nicht auch?"

„Ich denke schon", entgegnete Verena.

Sie saß halbnackt auf dem Bett ihres Hotelzimmers. Was ziehe ich an, fragte sie sich halblaut, das taubengraue Kostüm und dazu die dezent grüne Bluse, oder das karminrote Kleid mit dem tollen Ausschnitt und dem superkurzen Rock? Mehr hatte sie nicht eingepackt. Sie entschied sich für das Kostüm. Franke sollte nicht denken, daß bei ihr ein Blumentopf zu gewinnen sei.

Verena war sich ihrer Ausstrahlung auf das männliche Geschlecht durchaus bewußt. Ihre gut proportionierten Reize waren auf einhunderteinundsiebzig Zentimeter Körpergröße verteilt. Wenn sie energisch ihren Kopf schüttelte, drohten ihre langen, schwarzen Haare wie die Sitze bei einem sich drehenden Kettenkarussell jeden Moment abzuheben.

Wem es gelang, einen Blick von ihr aufzufangen, sah in groß geschnittene grau grüne Augen, die wie von einem Künstler gewollt, mit der Farbe ihres Haares und ihrem dunklen Teint harmonierten, und die eingerahmt waren von Brauen, die sich wie Sicheln im kühnen Bogen von der Nasenwurzel zu den Schläfen zogen.

Die Vollkommenheit ihrer Züge wurde nicht gestört durch eine gerade, vielleicht eine Nuance zu klein geratene Nase.

Wenn sie lächelte, und daß tat sie gern und bei fast jeder Gelegenheit, schimmerte das Kirschrot ihrer Lippen erotisch, und die zwei Reihen ihrer weißen, gut gewachsenen Zähne konnten es mit knakkigem Gemüse ebenso aufnehmen wie mit einem Kanten frisch gebackenen Brotes.

Verena strahlte Optimismus, Lebensfreude und Selbstbewußtsein aus. Am meisten jedoch zogen ihre endlos langen, wohlgeformten Beine die Blicke der Männer an.

Sie erinnerte sich, wie ihr kürzlich beim morgendlichen Joggen ein ganzes Rudel von Männern hinterher gedackelt war. Zuerst hatte sie sich erschrocken. Doch dann gewann die Eitelkeit die Oberhand über sie. Mal sehen, wie die reagieren, ging es ihr durch den Kopf.

Sie wurde langsamer, dann wieder schneller, und schließlich trabte sie nur noch. Doch keiner von denen überholte sie. Einer blieb auf gleicher Höhe mit ihr, betrachtete mit offenem Mund ihr Profil und ließ sich sogleich wieder zurückfallen.

Als sie die Episode ihrer Freundin Alex erzählte, meinte diese: „Den Typen hat beim Anblick deiner Pracht die Blutversorgung im Hirn ausgesetzt und ist statt dessen in die Hosen gerutscht." Sie hatten beide darüber endlos lange und laut gelacht und einmal mehr die Aufmerksamkeit anwesender Gäste geweckt.

Als Verena die Halle betrat, winkte ihr Franke, eben noch lässig am Tresen der kleinen Bar stehend, erfreut zu. Mit federnden Schritten kam er ihr entgegen und übergab mit einer galanten Bewegung eine hellrote, langstielige Rose.

„Sie sehen blendend aus!" Verena bedankte sich artig, hakte sich fröhlich lächelnd bei Franke ein und ließ sich zum Taxi führen, das draußen vor dem Portal mit abgeblendeten Scheinwerfern bereitstand. Sie hatte erwartet, daß die Reise nach Schwabing geht.

Doch das Taxi nahm den Weg zur Innenstadt. Was würde ihr der Abend bringen? Sie erkannte die Lichter der Fußgängerzone der Altstadt. Wenig später hielt der Wagen an und Franke führte sie in eines der noblen, hier ansässigen Restaurants.

Während des Essens erzählte er aufgeräumt vom Besuch eines Meisterschaftsspiels der Münchner Bayern und ließ Verena teilhaben an seiner Freude, ein gutes Spiel, natürlich mit einem Sieg der Seinen, gesehen zu haben. „Interessiert Sie Fußball?", wollte er wissen.

Verena schüttelte den Kopf.

„Eigentlich nicht. Aber es hört sich wirklich aufregend an, wenn Sie davon erzählen."

Geschmeichelt grinste Franke und suchte, wie schon seit ihrer Ankunft, einen Blick von ihr zu erhaschen. Verena hatte das natürlich längst bemerkt und ließ ihn zappeln.

Nach dem dritten Glas weißen Burgunders murmelte Franke: „Wir bewegen uns ja nun gewissermaßen fast auf gleicher Augenhöhe, dienstlich zwar, aber immerhin."

Verena wurde hellwach! „Sollten wir nicht aus diesem Anlaß zum freundschaftlichen Du übergehen?", setzte Franke lauernd fort. Mit einem Anflug von Nichtigkeit in den Augen stimmte sie zu.

Franke nahm ihren Kopf in seine Hände und suchte ihre Lippen. Einen Augenblick verlor sie die Kontrolle. Mit einem Ruck befreite sie sich, strich sich verlegen über ihre tadellos sitzende Frisur und sagte akzentuiert: „So war das aber nicht gemeint!" Franke mimte die Unschuld vom Lande und stammelte leicht angesäuert: „Entschuldige!"

„Schon gut", räumte Verena verärgert ein und bat, ins Hotel gebracht zu werden.

Erfreut stimmte Franke zu. Im Taxi suchte er ihre Nähe, doch sie machte sich steif. Seine Absicht war klar. Sollte sie ihm nachgeben? „Ich bringe Dich noch nach oben, in der Zimmerbar steht doch bestimmt noch ein Fläschchen Trinkbares", bettelte er.

„Das kannst Du vergessen", herrschte ihn Verena an. „Wir hatten freundschaftlichen Umgang miteinander vereinbart, und daß Du mich fachlich unter deine Fittiche nimmst, nicht mehr und nicht weniger, oder hast Du das schon wieder vergessen?"

Franke schien enttäuscht. Aber so schnell gab er nicht auf. „Der Abend hat doch gerade erst angefangen. So jung kommen wir nicht wieder zusammen", flüsterte er eindringlich. Unentschlossen schaute sie Franke an. Dann gab sie sich einen Ruck.

„Warum eigentlich nicht? Ein Gläschen geht tatsächlich noch. Gehen wir!"

Verstohlen betrachtete Franke das breite Bett. Sie stießen an. Er schaute ihr erwartungsvoll in die Augen.

„Ich möchte mit Dir schlafen", unterbrach Franke die Stille. „Verena! Laß es uns tun! Du willst es doch auch?" Er zog sie zum Bett und drückte sie sanft in die Kissen.

Es war lange her, daß sie mit einem Mann zusammen gewesen war. Die Verlockung erschien groß. Franke bemerkte ihre Unsicherheit. Er begann, sie zu entkleiden. Verena spürte seine warmen Hände auf ihrer Haut. Dann lag er auf ihr. In seiner Stimme, die eben noch gefleht hatte, war jetzt ein triumphierender Ton, als er forderte: „Mach schon! Stell Dich nicht so an!"

Seine Worte drückten wie Betonplatten auf ihre Seele. Sie stöhnte unter seinem Gewicht. Er glaubte, daß sie endlich die Leidenschaft zu packen begann. Deshalb beschleunigte er seine Bemühungen. „Nein!", schrie Verena und schüttelte ihn ab wie eine lästige Fliege. „Bitte geh jetzt!", verlangte sie.

Franke, enttäuscht und dennoch um einen guten Abgang bemüht, lenkte ein und gestand enttäuscht: „Kenne sich einer aus in Euch Frauen?"

„Die Dinge haben nun einmal nur den Wert, den man ihnen verleiht", bemerkte Verena kalt. „So wird das nichts mit uns. Ich kann nicht über meinen Schatten springen." Nachdenklich verabschiedete sich Franke.

Verwirrt starrte sie durch die Scheiben des Hotelfensters in die Dunkelheit. In diesem verdammten Hotel war es gespenstisch still. Sie hörte ihr Herz überdeutlich schlagen. Hatte sie richtig reagiert? Was hätte sie eine Nacht mit Franke schon gekostet? Den Preis für die Beförderung? Ich bin doch nicht käuflich, schluchzte sie.

Im Arbeitszimmer schrillte das Telefon.
Jacobi hier, meldete sich Verena wie immer mit freundlicher Stimme. Sie angelte nach dem Terminplan, warf einen kurzen Blick darauf und bestätigte die erbetene Terminverschiebung.

Stefan war nach der Schule mit Freunden im Kino. Ihm hatten ihre einzigen Bedenken gegolten, die sich nach der Rückkehr aus München in ihr Gemüt geschlichen hatten. „Stefan, ich werde in Zukunft wahrscheinlich noch weniger Zeit für Dich haben", hatte sie ihrem Sohn den Grund etwas schuldbewußt erklärt.

„Mach Dir deswegen keine Sorgen Mama", hatte Stefan geantwortet. „Wir haben doch schon ganz andere Sachen gedeichselt. Die Hauptsache ist doch, daß Du zufrieden bist. Ich helfe, wo ich kann, und auf Deine Gutenachtküsse kann ich auch langsam verzichten. Wo also liegt das Problem?"

„Ach mein großer, kluger Sohn", hatte Verena bewegt hervor gebracht und den Jungen in einer Anwandlung von Glück, und zugleich Sehnsucht nach Liebe und Zärtlichkeit, fest an sich gedrückt und überall im Gesicht mit Küssen bedeckt.

„Ich hab Dich lieb, Mama, ganz toll lieb", murmelte Stefan zufrieden, ohne sich über die Küsse seiner Mutter zu beschweren. Ganz im Gegenteil. Mit spitzen

Mund drückte er Verena einen innigen Kuß auf die rechte Wange und sie fragte sich, wann er das zum letzten Mal getan hatte?

Pünktlich um zehn Uhr begann im Hotel Mercure die anberaumte Dienstberatung der drei Teams der Region Westsachsen - Thüringen. Die zuständigen Teamleiter hatten sich noch einmal überzeugt, daß alle ihre Mitarbeiter anwesend waren und hantierten nervös mit ihren Statistiken, Plänen und anderen Arbeitsunterlagen. Franke war bekannt für die Forderung nach klaren und präzisen Antworten auf seine Fragen.

Verena saß auf ihrem üblichen Platz. Der Buschfunk hatte, wie stets in solchen Fällen, perfekt funktioniert. Sticheleien und Andeutungen der Kollegen hatte sie gereizt, aber auch stolz auf ihre Meriten verweisend, abgeschmettert.

Franke wertete das in wenigen Tagen zu Ende gehende Geschäftsjahr aus, verteilte personenbezogen Lob und Kritik und wünschte allen für die nächste Zeit Gesundheit, Glück und viel Erfolg bei der Erfüllung der hohen Zielstellung im kommenden Jahr.

Verenas Kollegin Astrid raunte ihr zu: „Dem trockenen Charme seiner Statements kann man sich wie immer nur schwer entziehen." Verena lächelte zustimmend, kam aber nicht mehr dazu, zu antworten.

Franke bat sich Ruhe im aufkommenden Gemurmel aus, woran er allerdings selbst Schuld war, weil er nach Ende seiner Ausführungen still verharrend aus dem Fenster geschaut hatte, so als wolle er seine Kräfte für einen wichtigen Schlag sammeln.

Gespannte Erwartung lag im Raum, als er sprach: „Am Schluß möchte ich Sie mit einer Personalveränderung vertraut machen. Wie Sie wissen, scheidet unser Kollege Lothar Möbius als Regionalleiter in wenigen Tagen aus. Er wird in der Zentrale in München eine andere, wichtige Aufgabe übernehmen. An seine Stelle tritt die Ihnen allen bestens bekannte Kollegin Verena Jacobi."

Überraschtes Gemurmel, lauter Beifall und auch verwunderte Ausrufe drangen an Frankes Ohr. „Ich kann ja Ihre Aufregung verstehen, meine Damen und Herren. Lassen Sie mich aber bitte noch einige Sätze der Begründung anfügen. Frau Jacobi ist eine der besten Mitarbeiterinnen im gesamten Unternehmen. Umsätze, die sie allein getätigt hat, überbieten das Ergebnis nicht weniger Teams mit drei bis sieben Mitarbeitern. Das betrifft übrigens auch Sie mit Ihrer Truppe, mein lieber Herr Leonhard!", teilte Franke im schnotterigen Ton, aber ohne Pardon aus.

„Kurzum! Verena Jacobi hat nach unserer festen Überzeugung die Fähigkeiten, die Kraft und den Willen, diese Aufgabe erfolgreich zu meistern.

Und sie kann Ergebnisse aufweisen, hat Erfolg. Sie weiß, wie das Geschäft funktioniert."

Verena rutschte unbehaglich auf ihrem Stuhl hin und her und wünschte sich auf den Mond. Sie hatte es eigentlich nicht gern, wenn über sie gesprochen wurde.

Dennoch war sie beeindruckt von den lobenden Worten des Vertriebsleiters. Es schmeichelte ihr schon, im Mittelpunkt der Aufmerksamkeit zu stehen.

„Wir machen jetzt die vorgesehene Pause", legte Franke fest und gab seiner Sekretärin, die bislang still an seiner Seite gehockt hatte, ein Zeichen. Frau Nahler erhob sich geschwind und verließ den Raum. Alle bestürmten Verena. Sie nahm die Glückwünsche gefaßt entgegen und bedankte sich bescheiden.

Möbius schaute ihr gerührt in die Augen und sprach: „Wenn es eine verdient hat, dann Du, liebe Verena. Ich wünsche Dir viel Glück. Laß Dich nicht unterbuttern. Du weißt ja, wie schwierig dieser Job sein kann."

„Mach es auch gut, Lothar, und vergiß uns nicht, die Basis! Denke daran, daß hier die Brote gebacken werden und nicht in München."

„Ich werde es mir merken", antwortete Möbius ernst.

Die Tür des Beratungsraumes wurde aufgestoßen. Auf der Bildfläche erschienen drei hübsche junge Kellnerinnen des Hotels mit je einem Tablett perlenden Sektes. „Ich habe "Rotkäppchen" ausgesucht", berichtete Frau Nahler. „Den mögen Sie doch, oder?"

„Danke, das ist nett von Ihnen, genau der Richtige", bestätigte Verena lächelnd. Franke nahm eng neben Verena Aufstellung, hob sein Glas und schlug vor: „Lassen Sie uns auf Verena Jacobi trinken, die schöne, kluge und erfolgreiche neue Regionalleiterin!"

Verena lief dunkelrot an. Franke konnte es einfach nicht lassen. Das allgegenwärtige Geproste ausnutzend, flüsterte er ihr ins Ohr: „Du siehst toll aus. Leider habe ich heute keine Zeit. Mein Flieger geht in zwei Stunden. Aber wir werden uns ja nun des öfteren in München treffen, dienstlich natürlich", fügte er scheinheilig hinzu.

Verena schwieg. Sie war zufrieden. So konnte es weiter gehen. Ihre Rechnung war aufgegangen. Ohne mich läuft nichts mehr in diesem Team. Ich sitze fester im Sattel denn je. Mir kann hier niemand so schnell das Wasser reichen, gestand sie sich selbstgefällig ein.

Sie saßen in ihrem Café und plauschten.
„Die haben Dir tatsächlich den Job gegeben?", fragte Alex ungläubig.
„Na ja! Ich hatte schon meine Zweifel. Stell Dir vor, Franke wäre einer von der nachtragenden Sorte. So ganz sicher war ich mir bis zum Schluß überhaupt nicht", sinnierte Verena.
„Hat er wieder eine Show abgezogen?"
„Na klar! Angeblich hatte er keine Zeit. Aber ich muß ja künftig öfter hin zu ihm, dienstlich, wie er sich ausdrückte."
„Ach Verena! Du und die Männer. Sieh mich an. Wenn mir so ist, suche und finde ich auch. Mach es doch nicht so kompliziert."
„Du hast gut Reden", entgegnete Verena belustigt. „Mir war damals in München auch danach. Glaube mir! Aber dann lief alles so geschäftsmäßig ab. Franke wollte doch nur seine Unwiderstehlichkeit beweisen und mich in Besitz nehmen.

Ich kam mir plötzlich vor wie eine Ware, wie ein Gegenstand, der benutzt werden sollte. Da ist mir ganz einfach die Lust vergangen. Und außerdem wollte ich mir nicht selbst eingestehen müssen, die Beförderung durch einen Beischlaf besiegelt zu haben.

Weißt Du, meinen Seitensprung damals mit Oliver, den wollte ich. In den hatte ich mich wirklich verliebt. Er hat mich durch seinen Charme und seine Zärtlichkeit angemacht. Die Folgen kennst Du. Stefans Vater verließ mich. Trotzdem. Aus Liebe würde ich es wieder tun. Für mich ist und bleibt die Liebe etwas Einmaliges, Heiliges. Ohne Liebe läuft eben nichts bei mir."

„Wie schade für Dich", mäkelte Alex und nahm ihre Freundin ganz einfach in die Arme.

Verena ärgerte sich. Schon vor einigen Tagen hatte sie die Fachwerkstatt angerufen und ihr Problem geschildert. Haben sie etwas Geduld, hatte man ihr versichert, unser Kollege ruft in den nächsten Tagen zurück und vereinbart einen Termin mit ihnen. Nichts war jedoch passiert.

Die Klingel im Korridor schlug an. Verena öffnete die Tür. Vor ihr stand ein Mann, Anfang vierzig vielleicht, schaute sie mit dunklen Augen aus einem sonnengebräunten Gesicht an, und flunkerte keck: „Ich bin der Schornsteinfeger! Wenn ich gewußt hätte, welche Schönheit sich hinter diesen Mauern verbirgt, wäre ich schon vorgestern vorbei gekommen."

Verlegen wie ein kleines Schulmädchen, und völlig überrumpelt von ihrem charmanten Gegenüber, wisperte Verena: „Darf ich auch einmal etwas sagen?"

„Aber klar doch!", freute sich der Besucher.

„Sie sind also der Mechaniker. Gehe ich richtig in der Annahme?" Sie hatte sich halbwegs wieder im Griff. „Sie gehen, gute Frau, Sie gehen", gab er augenzwinkernd zu verstehen. „Also! Wo ist das Gerät?"

„In der Küche. Kommen Sie!"

„Das haben wir gleich", murmelte der Mechaniker und hantierte gekonnt an dem

Spülautomaten. „Das liegt am Wasser, immer dasselbe", stellte er nach einer Weile fest.

„Und was machen wir da?", fragte Verena verzweifelt.

„Ich gehe schnell nach unten, hole ein neues Teil, setze es ein, und schon kann wieder gewaschen werden. So einfach ist das!"

„Das ist ja prima", freute sich Verena.

„Eigentlich habe ich längst Feierabend", murmelte der Mechaniker laut. „Aber was tut Mann nicht alles für eine schöne Frau! Ich heiße übrigens Georg und bin der Betreiber der Firma, die Sie um Hilfe angerufen haben."

Allein in ihrer Küche stellte Verena verwundert fest, wie leer und öde die Wohnung plötzlich war. Dunkel, glanzlos, ohne Gesicht! Georg hatte sich beeilt. Gekonnt baute er das neue Teil ein und startete einen Probelauf der Maschine. Stille herrschte zwischen den beiden.

Dann fragte er: „Sind Sie immer so allein?" Verena zuckte zusammen.

„Ja! Ich bin daran gewöhnt. Mein Sohn geht fast schon seine eigenen Wege. Heute ist er bei den Großeltern."

Die Maschine verstummte. Der Test war erfolgreich verlaufen. „Die macht es noch einige Jahre", bemerkte Georg und packte gemächlich seine sieben Sachen zusammen.

Unentschlossen trat er von einem Fuß auf den anderen und wischte wie abwesend mit einem sauberen Lappen die Spuren seines Wirkens von der Maschine. Verena war soeben von nebenan zurück gekommen und hielt ihre Geldbörse in den Händen. „Was bin ich Ihnen schuldig?"

Der Mann schaute sie ernst an, schluckte einige Male, raffte sich schließlich auf und schlug vor: „Ich berechne Ihnen nur den Preis für das neue Teil. Den Rest tragen Sie ab, indem Sie eine Einladung annehmen. Bitte! Ich möchte Ihnen gerne ein paar Freunde vorstellen."

Wieder so eine billige Anmache. Schade, dachte Verena. Der Satan sollte ihn holen, samt seinen Freunden! Gruppensex womöglich, oder Drogenorgie. Vielleicht sogar beides zusammen? Sie würde sich weder vom Sexteufel reiten noch von einem Fixer mit Drogen zuschütten lassen. Unter Umständen auch noch an irgend einem teuflischen Ort. Ohne mich, nörgelte sie leise vor sich hin.

Unsicher schaute sie Georg von unten herauf an. Fragendes, Bittendes, Werbendes, glaubte sie in seinen Augen zu erkennen.

So ein Unsinn, schalt sie sich selbst. Du siehst ja Gespenster. Reiß dich zusammen. Warum sollte sie denn sein Angebot nicht annehmen? Es würde schon gut gehen.

„Ich zahle den vollen Preis. Nur unter dieser Voraussetzung bin ich bereit, Ihre geheimnisvolle Einladung anzunehmen", entschied sie. Erfreut stimmte Georg zu. „Darf ich Sie morgen gegen zehn Uhr abholen?"

„Eigentlich ist ja der Samstag mein Putztag. Aber in diesem Falle mache ich gern einmal eine Ausnahme. Abgemacht! Morgen um zehn", stimmte Verena zu.

Gespannt wartete sie am nächsten Morgen. Selten war sie in den letzten Jahren so aufgeregt gewesen. Lag es daran, daß ihr der Mann gefiel, oder war es auf die Ungewißheit zurückzuführen, die ihr schon wieder zu schaffen machte?

Pünktlich klingelte Georg. Er begrüßte sie wie eine alte Bekannte, hielt ihr die Tür seines Wagens auf und wollte wissen: „Haben Sie gut geschlafen?"
Verena räkelte sich im weichen Polster, streckte ihre langen Beine bequem aus und erwiderte: „Danke der Nachfrage. Wenn der Tag so harmonisch wird, wie mein Schlaf traumlos und ungestört war, haben Sie etwas gekonnt!"

Er lächelte und fuhr los. Nach kurzer Zeit hatten sie die Landeshauptstadt erreicht. Georg parkte den Wagen auf einem kleinen Platz. Sie gingen Seite an Seite eine Allee entlang, deren uralte Bäume ein Dach aus Blättern und Zweigen gewebt hatten. Wie zufällig berührten sich ihre Hände, verharrten aneinander, strebten auseinander, um sich im nächsten Moment wieder zu finden.

Wärme und Geborgenheit durchrieselten Verena. So könnte ich noch bis zum Nordpol laufen, gestand sie sich ein und hatte nicht das Geringste dagegen, daß Georg mittlerweile ihre Hand in der seinen hielt.

Gesellte sich zum beruflichen Erfolg auch noch persönliches Glück? Sie mochte gar nicht so recht daran glauben. Bisher waren ihre Begegnungen mit Männern stets zu ihren Ungunsten verlaufen. Und immer hatte sie sich schuldig gefühlt, wenn die Beziehung zerbrochen war. Die Männer sind wie Autos. Sie können schwierig sein, stur, lautstark. Und sie funktionieren manchmal nicht. Das hatte sie desöfteren erfahren müssen.

Jetzt verglich sie Franke mit Georg. Keinen der beiden kannte sie gut genug, um ein zuverlässiges Urteil über sie abgeben zu können.

Und wenn es Franke doch ehrlich meint? Hatte sie sich in ihm getäuscht? Innerlich hin und her gerissen, seufzte sie hörbar.

Georg blickte sie besorgt an. Sie hatten das Gelände der Rennbahn erreicht. Über einen Seiteneingang gelangten sie in das Innere. Auf abgezäunten Koppeln tummelten sich edle Pferde, deren Fell in der Maisonne glänzte.

Georg flüsterte: „Sind sie nicht herrlich?"

„Unbeschreiblich", bestätigte sie und blieb stehen, um das ganze Panorama, das sich ihren Augen bot, in sich aufzunehmen: Das weite Oval der Rennbahn, die steilen, überdachten Zuschauerränge, die friedlich grasenden Pferde und das Grün der Bäume, die ringsherum standen und das Ganze einrahmten.

Er zog sie schmunzelnd weiter und blieb schließlich vor einer Stallung stehen. Schnauben und gelegentliches Aufschlagen von Metall auf Stein waren zu hören.

„Kommen Sie, hier finden wir meine Freude, die ich Ihnen, wie versprochen, vorstellen möchte."

War das der teuflische Ort? Sollte sie Opfer eines dämonischen Rituals werden? Was hatte er vor? Aufgeregt folgte sie ihm in den hellen, sauberen Stall.

Vor einer der Boxen blieb Georg stehen. Mit einem freudigen Wiehern machte sich der Rappe bemerkbar, scharrte mit dem rechten Huf im frischen Stroh und erfaßte geschickt das Stück Zucker, das ihm gereicht worden war.

„Das ist Foxtrott, eines meiner beiden hier eingestellten Pferde", stellte Georg vor.

Verena atmete erleichtert auf. Sie war überwältigt von der Schönheit des Tieres, streichelte dem Hengst zärtlich die Nüstern und raunte ihm zu: „Guten Tag Foxtrott! Wie geht es dir?" Das Pferd hob zutraulich den Kopf und schaute sie mit großen Augen neugierig an.

„Er mag Sie, vertraut Ihnen", bemerkte Georg erfreut und strich dem Rappen über die Kruppe. „Warum heißt er Foxtrott?", wollte Verena wissen.

„Er dreht sich wie ein Tänzer beim Foxtrott, deshalb", erwiderte er. „Lassen Sie uns auch noch Charlotte begrüßen. Dort hinten ist ihr Platz!" Die braune Stute hatte die Ohren hoch aufgestellt, als die beiden vor ihrer Box angekommen waren und tänzelte aufgeregt hin und her. „Sie muß bewegt werden, sonst wird sie unausstehlich", erklärte Georg.

„Na wen haben wir denn da?", schäkerte Verena und war erfreut, daß sich die Stute offenbar gern das seidig glänzende Fell ihres Halses streicheln ließ. „Das sind wunderbare Geschöpfe. Ich könnte mich sofort in sie verlieben", gestand Verena und schaute Georg offen an. Dem tat der Blick in ihre Augen unendlich gut.

„Gehen wir zunächst eine Kleinigkeit essen. Anschließend habe ich noch eine Überraschung für Sie." Verena stimmte gespannt zu. Auf dem Weg zum Klub schwärmte sie über das soeben Erlebte. „Und das sind wirklich ihre Pferde?"

„Ja! Es sind meine Pferde. Mein ganzer Stolz. Ich kann mit ihnen reden wie mit einem lieben Menschen. Sie hören immer zu, sie freuen sich, wenn sie gut behandelt werden, und sie nehmen normalerweise nichts von Fremden."

„Interessant", staunte Verena und ließ sich den frischen Salat schmecken, den ihr Georg empfohlen hatte. „Hatten Sie schon einmal mit Pferden zu tun?" Verena nickte zustimmend. „Als ich im vorigen Jahr im Wilden Westen war, habe ich hoch zu Roß den Bryce Canyon an seinem oberen Rand erkundet. Es hat mir großen Spaß bereitet und mir wurde bescheinigte, eine gute Figur auf dem Pferd gemacht zu haben."

Georg lächelte bei diesem Bericht in sich hinein. „Entschuldigen Sie mich einen Augenblick, ich bin gleich wieder bei Ihnen." Er verschwand und tauchte nach wenigen Minuten auch wieder auf. „Es klappt", sprach er in Rätseln. „Würden mich Gnädigste begleiten?", fragte er aufgeräumt. Sie ließ sich von der Fröhlichkeit anstecken, die von ihm ausging und folgte ihm gerne. Neugierig schaute Verena auf die sich nähernde ältere Frau. „Sie sind also die Amazone, die ich zünftig herrichten darf?", ließ die anstatt einer Begrüßung verlauten.

„Bitte! Vertrauen Sie sich der Frau Ebeling an. Sie wird ein paar kleine Veränderungen an Ihnen vornehmen. Ich erwarte Sie draußen vor der Tür", sprach Georg.

Sie sah hinreißend aus in der Reiterkluft. Ungläubig hielt sie in der linken Hand den Helm und in der Rechten die Gerte.

„Ich empfehle Ihnen Foxtrott, der hat Sie vorhin so freundlich begrüßt. Der ist bestimmt stolz darauf, eine Schönheit wie Sie auf seinem Rücken tragen zu dürfen." Verena hatte vor Aufregung feuchte Hände. „Die Überraschung ist Ihnen wahrlich gelungen. Hoffentlich kann ich Ihre Erwartungen auch erfüllen?"

Sie stiefelten zu den Boxen, schweigend, jeder mit seinen Gedanken beschäftigt. Ein Stallbursche brachte die Pferde. Gekonnt schwang sich Verena in den Sattel. Sofort begann der Hengst zu tänzeln, trabte jedoch brav los, als sie ihm mit einem leichten Druck ihrer Schenkel den Befehl erteilte.

„Sie müssen locker bleiben, die Bewegungen des Pferdes mitmachen", korrigierte Georg zufrieden seine Begleiterin. Sie gab sich alle Mühe und wurde von ihren Gefühlen überwältigt. Natur pur statt Asphalt der Straßen. Zügel statt Lenkrad ihres Honda.

Zucker und Hafer statt Benzin. Ein PS statt neunzig und der Mann an ihrer Seite, in den sie sich unsterblich verliebt hatte.

Sie erreichten eine kleine Lichtung. Georg sprang von der Stute und fiel dem Hengst in die Zügel. Willenlos ließ sich Verena aus dem Sattel heben, schlang ihre Arme um seinen Hals und erwiderte, sich eng an ihn schmiegend, ganz selbstverständlich seinen zärtlichen Kuß.

Sie saßen in Verenas Küche und tranken Beaujolais aus langstieligen, bauchigen Gläsern. „Und Du hast wirklich mit ihm ganze Tage und Nächte verbracht und mir nichts davon erzählt?", fragte Alex zum wiederholten Male.

„Ja doch! Wie oft soll ich es denn noch bestätigen? Es ist traumhaft schön. Er ist zärtlich und doch auch so stark. Ich kann nicht genug von ihm kriegen! Ich liebe ihn, wie ich noch keinen Mann zuvor geliebt habe."

„Und, liebt er Dich auch?", fuhr Alex dazwischen.

„Ich denke schon", zeigte sich Verena überzeugt.

„Hoffentlich ist das keine Luftnummer", nörgelte Alex und erging sich in guten Ratschlägen.

„Hör schon auf! Mit Dir habe ich wirklich das große Los gezogen. Bin ich ohne Mann, räsonierst Du, und habe ich endlich mal einen, dann ist es Dir wohl auch nicht recht?"

„Ach Verena! Ich bin so stolz auf Dich. Du wirst schon sehen, aus Dir wird ein völlig neuer Mensch."

„Male mir den Teufel nicht an die Wand!" Erstaunt bemerkte Alex, daß ein dunkler Schatten Verenas Gesicht verdüsterte. Besorgt beschwerte sie sich: „Nimm doch bitte nicht immer alles gleich so wörtlich!" Verena schien aus einem Traum zu erwachen. „Ich mache mir bei aller Freude ernste Sorgen."

„Bist du schwanger?" Alex lächelte verschmitzt, entschuldigte sich aber sofort, als sie die traurigen Augen ihrer Freundin sah. „Was ist denn los mit Dir? Verdammt! Verena, so rede doch endlich."

„Es geht um meinen Job!"

„Was soll denn mit Deinem Job sein?"

„Es wird gemunkelt, daß wir durch den Dauerkonkurrenten geschluckt werden sollen", brachte Verena unsicher hervor. Kalter Schweiß überzog ihren Körper, als sie an den Schock dachte, den ihr diese Nachricht versetzt hatte. Trotzig redete sie sich zunächst ein: Das kann nicht sein! Ihr waren keinerlei Signale aufgefallen. Sie war doch nicht mit Blindheit geschlagen! Doch im nächsten Moment gewannen die Zweifel wieder die Oberhand. Und wenn doch etwas daran war? Hatte sie zuviel gewollt und erhielt jetzt die Quittung? Sie litt Qualen. „Von feindlicher Übernahme ist die Rede", stieß sie genervt hervor.

„Wer behauptet denn das?"

„Sommermeier. Du weißt schon, der Kleine mit der Glatze, den ich ständig in meinem Gebiet treffe. Der hat es mir gesteckt. Die Spatzen pfeifen es in München und anderswo schon von den Dächern, hat er verkündet, und mich mitleidig angeschaut."

„Es wird viel gelabert, wenn der Tag lang ist. Der will Dich doch nur ärgern!", empörte sich Alex.

„Schön wäre es ja, wenn Du Recht hättest. Ich muß unbedingt Möbius anrufen. Aber seit Tagen ist der nicht erreichbar.

Laß uns noch einen trinken, bevor Stefan kommt. Vielleicht kann ich dann meine Unruhe vor ihm verbergen."

Im Garten war der Kaffeetisch gedeckt. In der Küche roch es verführerisch nach frisch gebackenem Bienenstich. Stefan mochte den am liebsten. Verena saß mit ihrem Vater auf der Schaukel. „Aber sage bitte Mama noch nichts. Die nimmt sich immer alles gleich so zu Herzen", bat sie.

„Es ist eben wie überall", schimpfte der Vater und zog hastig an der Zigarre. „So ein altes, bekanntes und großes Unternehmen! Wer hätte je gedacht, daß denen einmal solches widerfährt?" Verena winkte niedergeschlagen ab. Vorgestern hatte sie die Kündigung erhalten. Mit dürftigen Worten spielte die Geschäftsleitung den Vorgang herunter.

Von wirtschaftlichen Zwängen war die Rede und guten Wünschen für das weitere Fortkommen.

Die Zeilen verschwammen zu unförmigen schwarzen Strichen, als ihr Tränen der Wut und der Enttäuschung in die Augen gestiegen und auf das verfluchte Papier getropft waren. Die künftige Unternehmensleitung stelle ihr eine vergleichbare Tätigkeit in Österreich in Aussicht, hieß es am Schluß des Schreibens.

„Und was willst Du nun machen?", wollte der Vater wissen.

„Ich werde die Möglichkeit, nach Österreich zu wechseln, gar nicht erst erwägen. Was soll ich in einer mir fremden Welt? Hier ist mein zu Hause. Hier bin ich verwurzelt, genau so wie Du und Mama. Ich kann es Stefan nicht antun. Er fühlt sich wohl in seiner Schule. Hier hat er Freunde, sein gutes Umfeld. Ich kann es Alex nicht antun, meiner besten Freundin. Sie hat immer zu mir gehalten und sie wird das auch weiter tun. Ich kann es Dir und Mama nicht antun. Wer soll sich um Euch kümmern, wenn es einmal notwendig ist?

Und Mama könnte das auch gar nicht verkraften, nur mit Dir, ohne mich und Stefan. Schließlich kann ich es auch mir selbst nicht antun. Es gibt wieder einen Mann in meinem Leben. Den werde ich um keinen Preis verlassen. Mit ihm will ich einen neuen Anfang wagen. Und außerdem habe ich auch meinen Stolz. Wir waren auch nicht schlechter als diejenigen, die jetzt die neuen Herren sind. Unsere Mitarbeiter waren engagiert, unsere Produkte konnten sich sehen lassen, unsere Kompetenz wurde anerkannt. Nur unsere Chefetage, die hat versagt. Ich werde schon wieder etwas Passendes finden, meinst Du nicht auch?"

„Zu wünschen ist es Dir, mein Mädel", brachte der Vater unsicher hervor. „Aber denke daran: Ein Gespenst geht um! Landauf, landab grassiert das Gespenst der Arbeitslosigkeit!"

Verena lief ein Schauer über den Rücken. Vater sah die Dinge wohl richtig. Sie hatte in den Tag hinein gelebt, sich nur noch um ihr Liebesleben gekümmert und dabei völlig vergessen, wie hart die Unwägbarkeiten im Beruf zuschlagen können. Sie meinte, fest im Sattel zu sitzen und bildete sich ein, daß sie davon verschont bleiben würde, den Job noch einmal zu verlieren.

Nichts wiederholt sich im Leben. Daran hatte sie fest geglaubt. Was nützten ihr vor lauter Verliebtheit Schmetterlinge im Bauch und das Gefühl, die ganze Welt umarmen zu können, angesichts dieser Katastrophe? Wie würde sie denn jetzt dastehen vor Georg? Kann sie ihm ohne Job überhaupt noch das Wasser reichen?

Und Franke, dieser Schuft! Der muß doch schon etwas gewußt haben? So eine Pleite kommt doch nicht von heute auf morgen? Anstatt ihr reinen Wein einzuschenken, hatte er sie ins Bett haben wollen. Sie kicherte irre, wollte die Niederlage nicht wahrhaben.

Das Gespenst zeigte ihr seine häßliche Fratze. Sie fühlte sich betrogen wie die Geliebte eines Zuhälters und ausrangiert wie ein abgenutzter Autoreifen. Fragen und Zweifel marterten sie Tag und Nacht.

Versagerin, hörte sie schadenfrohe Stimmen kichern. Das geschieht dir ganz recht, klagte sie sich selbst an. Je höher der Gipfel, um so tiefer der Fall, dröhnte es in ihrem Kopf.

Verzweifelt hielt sie sich die Ohren zu, als könnte sie so die bohrenden Gedanken ersticken. Gab es einen Ausweg? Wie würde das enden? Entsetzen packte sie.

Aurora

Schweigend saßen wir auf dem sonnenüberfluteten Deck des Katamarans, der die Bucht vor Cannes zügig verließ.

Aurora seufzte hörbar und schmiegte sich plötzlich eng an mich. Vorsichtig legte ich meinen rechten Arm um ihre Schultern. Sie zitterte, als sie ihren Kopf an meine Brust lehnte. „Ich würde Dir so gerne helfen", flüsterte ich ihr ins linke Ohr und strich ihr verstohlen über den dunklen Scheitel. „Ich weiß", antwortete sie lächelnd. „Willst Du reden?"

„Nein! Es gibt nichts mehr zu reden. Ich bin so unendlich traurig, mein Lieber", murmelte sie.

„Aber warum denn traurig? Es gibt doch gar keinen Grund", versuchte ich zu beschwichtigen. „Schau!", forderte sie aufgeregt und streckte ihren rechten Arm in westliche Richtung.

„Siehst Du die Konturen am Horizont?" Angestrengt starrte ich auf die bezeichnete Stelle. „Das ist die Halbinsel der Verliebten, Saint - Tropez, 140 Kilometer von hier entfernt.

Dort möchte ich jetzt sein, mit Dir, für immer!", sprach sie mit zitternder Stimme.

Der Katamaran bewegte sich mittlerweile mit kleiner Fahrt vor der Ostseite von St. Margareta. „Diese Insel wird von Mönchen bewohnt. Sie haben sich auferlegt, in 24 Stunden nur dreißig Minuten miteinander zu sprechen. Ansonsten beten und meditieren sie", erklärte Aurora versonnen. Mich erschreckte die Vorstellung, ein Mönch sein zu müssen. Ich betrachtete nachdenklich den Grund des Meeres, der im hellen Licht der südlichen Sonne türkis und hellblau schimmerte und erinnerte mich: Am Tage nach unserem Besuch im Fürstentum Monaco hatte mich Aurora zu einer kleinen Bucht geführt, die sich etwas außerhalb der Stadt befand. Inmitten von Geröll und Kieseln, zwischen größeren Steinen und Felsbrocken, lagen wir in feinkörnigem Sand. Ein lauer Seewind streichelte uns.

Aurora hielt entspannt die Augen geschlossen. Ich betrachtete ungeniert ihren entblößten, gebräunten Körper und spielte verliebt mit den Fingern ihrer linken Hand, die sie mir willig überließ.

„Mir gefällt, daß Du Deine Gefühle so gut kontrollierst", hatte sie plötzlich mit leiser Stimme hervorgebracht und nach einer kurzen, nachdenklichen Pause hinzugefügt: „Du bist das Beste, was mir in den vergangenen Jahren passiert ist. Als wir uns auf dem Parkplatz hinter dem Brenner trafen, kreuzte ich Deinen Weg mit voller Absicht. Mein Wunsch nach einer Mitfahrgelegenheit bis nach Genua war nur ein Vorwand. Ich hatte schon ein Auge auf Dich geworfen, als Du aus Deinem Wagen gestiegen bist."

Auf meine Frage, warum sie eigentlich nach Deutschland gefahren war, antwortete sie mit Verzweiflung in der Stimme: „Ich suchte meine Identität." Dann schaute sie einige Augenblicke mit verlorenem Blick in die Ferne und mutmaßte: „Vielleicht habe ich gerade jetzt den Schlüssel gefunden, der mir endlich Klarheit bringt." Mich hatte ein merkwürdiges Gefühl beschlichen.

Ihre Äußerungen erschienen mir undurchsichtig und geheimnisvoll.

Schließlich war es an jenem Tage beinahe doch noch zur Erfüllung meiner heimlichen Wünsche gekommen. Aurora hatte mich aufgefordert, mit ihr ins Meer zu steigen. Sie erwies sich als ausgezeichnete Schwimmerin. Ich hatte keine Chance, sie einzuholen. Doch dann verharrte sie auf der Stelle.

Ich kam heran. Sie umklammerte mich und zog mich sanft unter Wasser. In ihren weit geöffneten Augen erkannte ich Lust und Leidenschaft. Unsere Körper verschmolzen miteinander. Die Spiele auf dem taghellen Grund des Meeres unterbrachen wir nur, um zum Luftholen aufzutauchen.

Nach endloser Zeit fanden wir uns am Strand wieder. Ich warf mich voller Emotionen in den warmen Sand und freute mich nach dem intensiven Vorspiel auf mehr. Doch zu meinem Entsetzen raffte sie in Windeseile ihre Sachen zusammen und rannte davon.

Später stand ich wie ein verschmähter Liebhaber vor ihrer Tür. Ich hörte sie schluchzen und immer wieder stöhnen: „Ich habe gesündigt. Wehe mir. Was soll ich nur tun?" Sie reagierte weder auf meine Bitten noch auf meine Fragen und blieb für den Rest des Tages unsichtbar.

Aurora schien meine augenblickliche Stimmung zu spüren, kuschelte sich noch enger an mich und blickte voraus. „Wir machen uns anschließend auf ins ligurische Hinterland. Dort erwartet uns eine Begegnung mit einem lieben Menschen."

„Sehe ich dann klarer?", fragte ich behutsam. Sie nickte zustimmend und ergänzte: „Danach sehen wir beide glasklar!"

Wir fuhren durch Weinberge, durchquerten den mittelalterlichen Ort Dolce - Aqua, über dem sich, an einem gewaltigen Fels klebend, die Ruine der Doria - Burg reckte und sahen Touristen staunend die gotische Bogenbrücke betreten, die den Gebirgsfluß Nervia überquert. Nach gut zwei Stunden erreichten wir das Hotel "Lago

Bin." In der Ferne erhoben sich majestätisch die schneebedeckten Gipfel der Seealpen.

„Hier wird sich unser Schicksal entscheiden", bemerkte Aurora, bevor wir ausstiegen. Sie erschien jetzt völlig ruhig, während ich meine Aufregung nur mühsam unterdrücken konnte. „Laß uns hinein gehen, wir werden erwartet", verlangte sie mit Entschlossenheit in der Stimme.

Als wir die Hotelhalle betraten, schaute sie suchend in die Runde. Der Mann an der Rezeption fing ihren Blick auf und kam lächelnd auf uns zu. „Signorina Monelli?", hörte ich ihn fragen. Aurora nickte zustimmend. Er forderte uns auf, ihm zu folgen. Schließlich gelangten wir zu einer kleinen Terrasse.

An einem der runden Tische saß, uns den Rücken zukehrend, eine nicht mehr junge Frau. Ihr dunkles, von silberfarbigen Strähnen durchwirktes Haar war zu einem festen Knoten gebunden, der schwer in ihrem Nacken lag.

Sie schien unverwandt auf den kleinen Teich zu schauen, der sich etwas unterhalb der Terrasse befand und auf dem einige Wasservögel herum schwammen.

Mit erstickender Stimme rief Aurora: „Mama!"

Langsam drehte sich die Frau um. Ihr Blick streifte nur flüchtig das Mädchen an meiner Seite und saugte sich sekundenlang an meinem Gesicht fest. Dann preßte sie beide Hände an ihr Herz und stöhnte laut: „Augusto! Augusto!" Ich verstand nichts. Aurora war zu der Frau getreten und legte ihre rechte Hand beschwörend auf deren Schulter. Mit einer Leichtigkeit, die ich der alten Dame nicht zugetraut hatte, stand sie plötzlich auf und kam langsam auf mich zu. Ich stand wie angewurzelt. Aurora ließ sich in einen Sessel fallen und beobachtete gespannt die Szene.

„Augusto!", murmelte sie immer wieder, „Augusto!", während sie mit ihren gepflegten Händen über mein Gesicht fuhr und endlich mit dem Daumen ihrer linken Hand die Narbe unter meinem rechten Auge streichelte.

Noch immer schaute sie mich durchdringend an. Wie gebannt hielt ich dem Blick

131

aus ihren fast schwarzen Augen stand. Dann nickte sie entschlossen, nahm wieder Platz und winkte mir, es ihr gleich zu tun. Zögernd setzte ich mich und wandte mich Hilfe suchend Aurora zu. Die schüttelte andeutungsweise mit dem Kopf und fragte: „Mama möchte wissen, ob August Wagner Dein Vater ist?" Erstaunt bestätigte ich: „Er ist mein Vater!"

„Sie möchte auch wissen, ob die Narbe unter Deinem rechten Auge von einem durch Operation entfernten Muttermal stammt?" Jetzt konnte ich nur noch überrascht mit dem Kopf nicken. Auch die Frau nickte. Zufrieden begann sie, in ihrer Handtasche zu kramen. Dann hielt sie eine Fotografie in der Hand, die sie zunächst intensiv betrachtete und anschließend zu mir herüber schob.

Ich war völlig überrumpelt. Das Foto zeigte meinen Vater. Das Muttermal unter seinem rechten Auge schimmerte violett. Mein Blick wanderte verständnislos von Aurora zu der Frau und wieder zurück. Immer wieder. Die beiden verharrten atemlos auf ihren Plätzen, warteten offen-

bar auf weitere Reaktionen von mir. „Wie
kommen Sie zu seinem Foto?", fragte ich,
um Fassung bemüht.

Die Frau brauchte keine Übersetzung.
Sie hatte mich verstanden, lächelte wis-
send und begann zu erzählen, während
Aurora übersetzte: „Es geschah vor 24
Jahren. Ich begleitete eine Reisegruppe
durch die Blumenriviera und die Cote d'
Azur. In diesem Hotel endete die Reise.
Die Teilnehmer würden morgen ihre
Rückfahrt antreten. Mein Arbeitsplan als
Reiseleiterin sah vor, ebenfalls hier zu
übernachten und anderen Tages eine neue
Gruppe zu übernehmen."

Nach einer kurzen Pause, während der
sie sich verstohlen einige Tränen aus
den Augen gewischt hatte, fuhr sie fort:
„Augusto war mir von Anfang an aufgefallen, weil er sich nicht in Begleitung befand.

Ich verliebte mich auf Anhieb in ihn.
Während der Tour kamen wir uns immer
näher, aber er blieb bis zu diesem Tag zu-
rückhaltend."

Wehmütig blickte sie in die Landschaft. Doch dann gab sie sich einen Ruck und betrachtete ihre Tochter und auch mich voller Stolz und Zärtlichkeit.

Langsam war mir die Brisanz der Situation bewußt geworden. Endlich sah ich klar. Aurora hatte sich unterdessen in ihrem Sessel zusammen gekrümmt. Ihre Schultern zuckten vom hemmungslosen Weinen.

Auch mir schossen Tränen in die Augen, denn meine Liebste hatte sich soeben unwiderruflich in meine Schwester verwandelt.

Es ist mir ein Bedürfnis, an dieser Stelle meiner Familie, meinen Freunden und Kollegen im 1. Chemnitzer Autorenverein und den Literaturfans der Stadt ganz herzlich zu danken.

Sie alle haben mich durch Zuspruch, Sachverstand, kritische Begleitung und Besuch meiner Lesungen ermutigt, das vorliegende Buch zu veröffentlichen.

Der Autor